AF284718

Der verschenkte Albtraum
Jürgen Warmbold

FSC
www.fsc.org
MIX
Papier aus ver-
antwortungsvollen
Quellen
Paper from
responsible sources
FSC® C105338

Der in Braunschweig geborene Autor Jürgen Warmbold hat viele Jahre als Werbe- und Marketingleiter verantwortliche Positionen in der Presse- und Öffentlichkeitsarbeit, Werbung und Verkaufsförderung bekleidet. Seit 1992 ist Warmbold als freiberuflicher Fachjournalist in technischen Themenbereichen tätig. Mit »Kalte Schreie«, »Erfrorene Seelen«, »Falsche Schatten« und »Dumpfe Angst« hat der Autor, der heute im Bremer Umland lebt, vier Kriminalromane publiziert. Darüber hinaus hat er Kurzgeschichten in Anthologien und als E-Books veröffentlicht.

Jürgen Warmbold

Der verschenkte Albtraum

Thriller

Die Deutsche Nationalbibliothek verzeichnet diese Publikation in der Deutschen Nationalbibliografie; detaillierte bibliografische Daten sind im Internet über dnb.d-nb.de abrufbar.

Originalausgabe
Erstveröffentlichung Mai 2018
Copyright © 2018 by Jürgen Warmbold
Titelgestaltung: Jürgen Warmbold
Herstellung und Verlag: BoD Books on Demand,
Norderstedt
Printed in Germany
Nachdruck, auch auszugsweise, nur mit Genehmigung
des Autors
ISBN 9783752817317

EINS

Ist es möglich, einen Albtraum zu verschenken? Getarnt als Präsent, das sich hinterhältig gegen den Empfänger wendet? Mit dem Ziel, seine Ängste zu schüren und ihn zu vernichten?

Matthias Böse wäre nie auf die Idee gekommen, sich diese Frage zu stellen. Nichts ahnend hält er das Geschenk in den Händen, dreht es hin und her, verbiegt es, zieht in gespannter Erwartung an der Schleife und reißt es auf. »Ein Taschenbuch.«

»*Schau dir den Titel an*«, meldet sich sein inneres Misstrauen.

BÖSES ENDE

Matthias verzieht sein Gesicht, betrachtet es als Frechheit, was er sieht. Warum schenkt ihm seine Frau ein Buch, dessen Titel wie eine bedrückende Prophezeiung klingt? Er registriert den Autorennamen: Annika Brandt, ihr Mädchenname. Ärger steigt in ihm hoch, wächst zu einem Berg an, der ihm den Weg zu klaren Gedanken versperrt.

Er zuckt zusammen, als Annika ihn anspricht. Sie lehnt im Rahmen der offenen Wohnzimmertür und lächelt. »Was ist los mit dir, Matthias? Hast du Angst vor einem Buch?«

Matthias wirft der Frau, mit der er seit über zehn Jahren verheiratet ist, einen finsteren Blick zu. »Vor einem Buch fürchte ich mich nicht; aber ich empfinde es angesichts meines Namens als geschmacklos, mir ein Buch mit diesem Titel zu schenken. Warum wünschst du mir ein böses Ende?«

Annika stöhnt auf. »Ich gebe zu, der Titel hat mich fasziniert. Ein böses Ende bedeutet ja nicht gleich den Tod.« Sie schüttelt den Kopf, wobei ihr schwarzer Pagenschnitt hin- und herschwingt. »Da du schon wegen des Buchtitels eingeschnappt bist, bin ich auf deine Reaktion gespannt, wenn du auf den Namen des Protagonisten stößt.«

Matthias liest den Klappentext und ist frustriert, weil die Figur nach ihm benannt ist. »Ich bin die Hauptperson, du bist die Autorin. Ist es nicht zu früh, einem Achtunddreißigjährigen eine Biografie zu widmen?« Matthias zieht an seinem Hemdkragen, als bekäme er zu wenig Luft. »Was hast du über mich geschrieben? Was erfährt die Welt über mich?«

Annika lacht ihn aus. »Frag eher, was alles über dich zu berichten wäre. Dass du dich, neben deinem unbefriedigenden Beruf als Lehrer, erfolglos als Schriftsteller versuchst und unter Angststörungen leidest? Keine Sorge, für das Buch dürften sich höchstens unsere Bekannten interessieren, und die wissen ohnehin über dich Bescheid.« Sie reibt ihr Kinn zwischen Daumen und Zeigefinger, als stellte sie tief greifende Überlegungen an. »Falls du es wünschst, lasse ich das Manuskript in verschiedene Sprachen übersetzen.«

Matthias läuft rot an. »Es ist zwar nett, dir so viel Mühe mit einem Geschenk zu machen, aber ich finde es absolut unangebracht, fremden Menschen Details über meinen Charakter und meine Befindlichkeiten zu präsentieren.«

»Komm wieder runter, Matthias. Es ist weder eine Biografie, noch habe ich es geschrieben. Und es existiert nur dieses eine Exemplar. Abgesehen davon hat der Protagonist, außer seinem Namen, nichts mit dir gemeinsam. Eine weitere Übereinstimmung wäre reiner Zufall.«

Matthias blättert in dem Buch, ohne Annika aus den Augen zu lassen. »Vermutlich hast du recht. Ich habe BÖSES ENDE an der Stelle aufgeschlagen, an der die Hauptfigur beschrieben wird. Er ist zehn Jahre älter und hat gelbliche Zähne. Zudem ist er, verglichen mit mir, ein Zwerg. Ach, wie ich lese, heißt die Frau an meiner Seite Barbara. Hoffentlich sieht sie hinreißend aus?« Er wirft das Buch auf den gläsernen Couchtisch. »Tut mir leid, überreagiert zu haben; trotzdem gefällt mir deine Aktion nicht. Sag mir dennoch, wer das Buch geschrieben hat, wenn nicht du?«

Sie zuckt mit den Schultern. »Keine Ahnung, ich kenne nicht mal den Inhalt. Eine Frau, die auf dem Hafenfest in der Bremer Überseestadt ausgestellt hat, hat mir das Buch als Gag angeboten. Der Roman, ein banaler Krimi, war fertig, aber es gab die Möglichkeit, den ursprünglichen Namen des Protagonisten durch deinen und den des Autors durch meinen ersetzen zu lassen. Ich habe BÖSES ENDE gestern bestellt und es heute abgeholt. Eine Kontaktadresse habe ich nicht.«

»Das soll ich für bare Münze nehmen? Wir waren doch an beiden Tagen zusammen auf der Veranstaltung.«

Annika verdreht ihre braunen Augen und schaut zur Zimmerdecke hoch, als erwarte sie Beistand von oben. »Meldet sich wieder dein inneres Misstrauen? Wann hört das endlich auf? Es ist deine Schuld, dass du nie mitkriegst, was auf dem Hafenfest passiert. Weil du ständig in dieser bizarren Hafenbar hockst, deren Dach aus halbierten Blechfässern besteht und deren Außenwände aus Holztüren zusammengezimmert sind.«

»Du weißt, dass ich das Hafenfest nicht in mein Herz geschlossen habe. Dort laufe ich doch nicht wie ein Hund neben dir her und stehe mir die Beine in den Bauch, da du dich für jeden langweiligen Marktstand interessierst.«

Annikas Gesicht ziert ein breites Grinsen. »Da hast du recht. Du könntest deine Rolle als Hund zu ernst nehmen und ein Beinchen heben. Wie dem auch sei, den Stand mit den Büchern hast du verpasst.«

»Ist der Anbieter ein Print-on-Demand-Verlag?«

»Keine Ahnung, der Begriff sagt mir nichts. Jedenfalls ist es ein interessantes Konzept. Vor allem Kinder sind Feuer und Flamme, wenn eine Comicfigur ihren Namen trägt.«

»Wage es nicht, mich als Witzfigur durch das nächste Buch geistern zu lassen.«

Schmollend tritt Matthias ans Fenster, betrachtet den Herbststurm, der Regen auf die Landschaft peitscht und die Äste der Bäume hin und her schleudert, bis sie ihre Blätter verlieren. Ein Wetter, das mehr und mehr außer Kontrolle gerät und sich von seiner wilden Seite zeigt, das er hasst, weil es einen idealen Nährboden für seine Angststörungen bildet.

Sein Unbehagen wächst. Wie ist Annika auf die lächerliche Idee gekommen, seinen Namen an einen Protagonisten zu vergeben, der, wie er erst jetzt sieht, mit seinem Fassonhaarschnitt und seinem abgetragenen Anzug im Gegensatz zu allem steht, was ihn ausmacht? Eine Figur, die als durchgeknallter Privatdetektiv gegen sich selbst ermittelt, um den Grund für seinen hohen Alkoholkonsum zu finden. Ein Sonderling, der seinen Beruf kaum konträrer zum wahren Matthias Böse hätte wählen können, der nach Abitur und Studium sofort eine Stelle als Kunstlehrer bekommen hat. Dass ihn seine Schüler hinter vorgehaltener Hand den bösen Matthias nennen, ficht ihn ebenso wenig an wie ihre Verachtung, die auf seiner Pedanterie beruht.

Matthias versucht, sich zu beruhigen. Er schaltet die Stereoanlage ein, in der Hoffnung, die Musik werde ihn entspannen.

»Zieht dich Mozarts Requiem nicht tiefer in die Welt deiner Ängste?« Annika schmiegt sich an seinen

9

Rücken und schaut seinem Abbild, das die Fenster-
scheibe spiegelt, in die Augen. »Sei nicht gleich stin-
kig. Ich wollte dir eine Freude bereiten. Du wünschst
dir doch, mit einem Buch groß rauszukommen.«

Er dreht sich zu ihr um. »Ja, als Autor, nicht als Protagonist.«

Sie schenkt ihm ein Lächeln. »Da du als Autor
nichts taugst, eröffne ich dir eine Alternative.«

Statt ihr Lächeln zu erwidern, lauscht er der Musik,
die seine Stimmung reflektiert, und wendet sich wieder dem düsteren Himmel zu, aus dem es unablässig
regnet. »Wirklich reizend, was du von mir hältst. Mich
wundert nur, dass du darauf verzichtet hast, mir die
Rolle einer Leiche zuzuweisen. Aber vielleicht endet
ja die Hauptfigur als solche?«

»Wie gesagt, ich habe das Buch nicht gelesen.«
Annika stellt BÖSES ENDE in das Bücherregal aus mas-
sivem Kernbuchenholz, das eine Wand des Lesezim-
mers ziert, das sie und Matthias großspurig als ihre
Bibliothek bezeichnen, »Verkümmere doch in deinem
Misstrauen und deiner Humorlosigkeit.«

Matthias bleibt ihr eine Antwort schuldig. Zurück
im Wohnzimmer schaltet er die Musik aus. Eine
unheilvolle Ruhe umfängt ihn und lässt ihn frieren.
Nach Ablenkung suchend, tastet er mit seinen Augen
die Einrichtung ab. Ein persönlicher Stil ist nicht zu
erkennen. Leben bringen nur die Ölgemälde in den
Raum, die er gemalt hat und die Annika hin und wie-

der veranlassen, die Nase zu rümpfen. Ihm ist klar, kein begnadeter Künstler zu sein. Dennoch steht er zu seinen Gemälden.

Gern nähme er einen Angsthemmer, möchte aber Stärke zeigen. Hat Annika ihm das Buch geschenkt, um seine Angststörungen zu steigern, die ihn voll im Griff haben? Mit dem Ziel, ihn zu zerstören?

Aufgewühlt wie er ist, fällt Matthias das Buch aus der Hand, als er es, zurück im Lesezimmer, aus dem Regal zieht. Es bleibt aufgeschlagen liegen, mit dem Cover nach oben, das er erst in diesem Moment bewusst wahrnimmt. Neben dem Titel und Annikas Nennung als Autorin ist ein geschlossenes Augenpaar abgebildet. Als Metapher für den Tod?

Er hebt das Buch auf, und blättert wieder zu der Seite, auf welcher der Autor seinen Namensvetter, den Protagonisten Matthias Böse, einführt. Der Absatz sticht ihm ins Auge, als wolle das Buch ihn verhöhnen. Ein Gefühl, das nicht grundlos in Matthias hochkocht, zumal er liest, dass die Figur, die seinen Namen trägt, mittlerweile ebenfalls als Kunstlehrer arbeitet.

Hat Annika das Buch ausgetauscht? Eine Alternative fällt Matthias nicht ein. BÖSES ENDE dürfte kaum in der Lage sein, sich selbst auszuwechseln.

Erneut kommt ihm das Print-on-Demand-Verfahren in den Sinn, das auf Digitaldruck basiert. Er hat es für seine Buchprojekte abgelehnt, weil er gehofft hatte, einen Vertrag mit einem herkömmlichen Verlag abschließen zu können. Annika dagegen wird gern die Möglichkeit nutzen, Bücher auf Bestellung innerhalb kürzester Zeit in Stückzahl eins drucken und den Namen des Protagonisten ersetzen zu lassen.

Unvorstellbar ist es allerdings, einen Betrieb zu finden, der nachts ein Buch druckt und dies auch noch anliefert. Also ist Print-on-Demand auszuschließen.

Annika sieht ihn fragend an. »Du zitterst ja. Warte, ich hole dir deine Pillendose.«

Matthias bringt nicht genug Kraft auf, sich gegen einen Angsthemmer zu wehren, beschließt aber, dessen Einnahme einzuschränken. Er spült eine Tablette mit einem Schluck Wasser herunter. Am liebsten vergäße er das Buch für heute, was ihm nicht gelingt.

»Annika, falls du dir einen Scherz erlauben wolltest, wäre der Zeitpunkt gekommen, ihn zu beenden. Wenn nicht du, wer sonst könnte seine Finger im Spiel haben?«

Annika schweigt ihn mitleidig an. Ihr Blick lässt in Matthias den Entschluss wachsen, das Geschenk zu zerstören. Nachdem sie sich ins Bett verabschiedet hat, schaut er grübelnd aus dem Fenster in die Nacht. Der monotone Klang des anhaltenden Regens beruhigt ihn.

Was hindert ihn daran, gemeinsam mit dem Buch zu duschen? Er stellt es hochkant in die Duschwanne. Während er sich abtrocknet, beobachtet er mit Vergnügen Annikas Machwerk, dessen Seiten aufquellen. Er packt seinen Feind und wirft ihn in den Papierkorb.

Hätte er damit gerechnet, was ihn morgen früh erwartet, hätte er in der Nacht kein Auge zugemacht.

ZWEI

Matthias wacht nach einer entspannten Nacht erfrischt auf. Das Buch fällt ihm wieder ein, aufgequollen wie eine Wasserleiche. Er wäre gut beraten, es bald aus dem Haus zu schaffen und in der Mülltonne oder Biotonne zu entsorgen, damit es keine Gelegenheit erhält, im Gebäude Schimmel anzusetzen. Sich über das Ergebnis seiner Wässerungsidee freuend, greift Matthias in den Papierkorb. Was er ertastet, lässt sein Lächeln gefrieren.

BÖSES ENDE ist trocken; die Seiten sind glatt, als hätten sie nie Erfahrungen mit einer Dusche gesammelt.

Das Cover ziert ein gelber Smiley. Matthias gleitet mit einer Fingerspitze darüber. Das Strichgesicht ist aufgedruckt, nicht geklebt.

Fahrig blättert er zu dem Absatz, auf dem die Personenbeschreibung steht. Der Protagonist des Machwerks hat sich optisch an Matthias angeglichen, als seien sie eineiige Zwillinge. Beide sind ein Meter achtundachtzig groß, haben blaue Augen und eine hagere Figur. Selbst die schwarzen Locken, die seinen Kopf schmücken, sein Drei-Tage-Bart und die Tätowierung eines aufgeschlagenen Buchs auf seinem linken Unterarm entdeckt er bei seinem Namensvetter. Abgesehen davon hat der Protagonist Matthias´ Kleiderschrank geplündert und wandelt in seinen lässigen Klamotten samt locker umgebundenen Schal durch die Handlung.

Obwohl Matthias die Änderungen schwarz auf weiß sieht, spricht er BÖSES ENDE die Fähigkeit ab, sich über Nacht verwandeln zu können wie Gregor Samsa.

Er blättert zum Impressum, wo er die rechte untere Ecke mit einem blauen Kreuz markiert hat. Es ist noch da. Hat das Buch doch die Macht, ein Eigenleben zu entwickeln?

***

Trotz des frischen Kaffeedufts, der in der Küche eine heimelige Atmosphäre entstehen lässt, rechnet Matthias damit, dass ihn ein Tag zum Vergessen erwartet. Ohne Appetit quält er sein Frühstück herunter. Egal, was er isst, an Unterrichtstagen plagt ihn morgens miserable Laune. Zumal ihm Stunden mit Schülern und Schülerinnen bevorstehen, von denen viele sein Fach als brotlose Kunst betrachten und es daher nutzen, um sich zwischen Deutsch und Mathematik zu erholen.

Wo sind seine Träume geblieben, die er einmal mit dem Beruf des Kunstlehrers verbunden hatte? Einer unbefriedigenden Entwicklung sind sie gewichen, aufgrund derer er versucht, sich als Schriftsteller einen Ausgleich zu schaffen. Wie hat er gehofft, als Autor und bildender Künstler leben und die desinteressierten Schüler in den Mülleimer der Vergangenheit werfen zu können. Dafür wäre es unerlässlich, mit dem Schreiben vorankommen. Da bisher alle Verlage seine Manuskripte abgelehnt haben, haben sie den Hohn seiner Frau provoziert.

Er schreckt auf, als Annika lautlos die Küche betritt.

Sie verzieht ihr Gesicht. »Was für eine Laus ist dir denn über die Leber gelaufen?«

Er schiebt seinen Teller zurück und holt das Buch aus dem Lesezimmer.

Annika schüttelt den Kopf. »Na, wie hat es sich diesmal verändert? Lass es nicht zu einer Manie werden.«

Matthias klärt sie über die Selbstregenerierung auf.

Sie taxiert ihn skeptisch. »Hätte ich geahnt, welche Gefühle das Präsent in dir auslöst, hätte ich dir Pralinen geschenkt. Komm wieder runter und löse dich von deinen Fantasien. Du glaubst, dich an etwas zu erinnern, was nicht geschehen ist.«

Sie stellt das Frühstücksgeschirr in die Spülmaschine. »Die Arbeit ruft, Dr. Herzberg und die Patienten warten auf mich.«

Matthias greift seine Tasche. »Ich muss auch los.«

»Nimm mich mit und setz mich vor der Praxis ab. Ich habe heute keine Lust, selbst zu fahren.«

Nachdem sie ausgestiegen ist, fallen Matthias Annikas Worte ein, er mische seine Erinnerungen mit Fantasien. Strebt sie seine Entmündigung an?

***

Zurück aus der Schule wendet sich Matthias unverzüglich dem Buch zu. Bevor er das Haus verlassen hat, hatte er das Machwerk aufgeklappt auf seinen Schreibtisch gelegt und einen Brieföffner in den Falz geklemmt, damit es nicht zuschlägt. Jetzt liegt BÖSES ENDE zugeschlagen neben dem Öffner. Ein Vorgang, der Fragen aufwirft.

Unheil ahnend, blättert er in dem Buch und ist fassungslos, weil der Protagonist seine Eigenarten angenommen hat und dieselben Emotionen zeigt. Wie er leidet die Figur an Angststörungen. Identisch ist auch der Hang zur Pedanterie, der Wille als Schriftsteller zu glänzen sowie ein gewisser Charme, den man weder Matthias noch seinem literarischen Doppelgänger zutraut.

Nur Annika hat Zugang zu dem Buch und somit die Gelegenheit, die Inhalte umzuschreiben! Wer sonst kennt seine Charaktereigenschaften, seine Stimmungen und seine geheimsten Wünsche? Offen bleibt nur, wie sie es schafft, den Text zu ändern?

In Matthias wächst ein Gefühl, als zöge ihm jemand den Boden unter den Füßen weg. Er sucht Hinweise, die auf eine zwischenzeitliche Anwesenheit Annikas hindeuten, obwohl ihm klar ist, dass sie keine Möglichkeit hat, die Zahnarztpraxis nach Lust und Laune zu verlassen. Außerdem steht ihr Auto zuhause. Er schlägt mit der Faust auf den Couchtisch. Wer war hier? Ist er dabei, die Realität mit Traumwelten zu verwechseln, wie Annika es sagt? Wäre er in dem Fall krank oder mixt ihm Annika ein Mittel ins Essen?

**

Matthias mäht den Rasen, eine Tätigkeit, die er hasst. Das Brummen des Mähers hilft ihm aber, seine Gedanken von dem Buch loszureißen. Nach getaner Arbeit setzt er sich auf einen Gartenstuhl, um den sonnigen Herbsttag zu genießen.

Er schaut sich um. Durch seine Sicherheitsmaßnahmen, die er Annika in langwierigen Diskussionen abgetrotzt hat, wirken das Grundstück und das zweistöckige Wohnhaus wie eine Festung.

Lange hat er gezögert, aus seiner Geburtsstadt Bremen auf das abgelegene Anwesen am Rande von Worpswede nahe dem Teufelsmoor zu ziehen, das er nach dem Tod seiner Eltern, ein Jahr vor der Hochzeit mit Annika, geerbt hatte. Es ist Annika gewesen, die ihn überredet hat, den Mietern zu kündigen und selbst einzuziehen. Angesichts seiner ständig schwelenden Ängste ist er aber keinen weiteren Kompromiss eingegangen. Seine Augen schweifen über die Fenster, die von außen mit eingemauerten Gittern versehen sind, und über die Haustür, die mit einem Rollgitter ausgestattet ist, das sich durch die Eingabe eines Codes absenken und herauffahren lässt. Das Grundstück, das rund vierhundert Meter vom nächsten Nachbarn entfernt an einer Allee mit reparaturbedürftigem Belag liegt, ist von einem zwei Meter hohen Industriezaun umgeben, den Annika mit Knöterich berankt hat. Sogar die Tür zum Betreten des Anwesens und das Tor, das die Einfahrt sichert, hat Matthias pedantisch mit Codes ausgerüstet, die man mit dem Finger eintippt oder via Funk sendet. Ein weiterer Code schützt die Garage von der dem Grundstück zugewandten Seite. Das Garagentor zur Straße hin, lässt sich nur öffnen, wenn die rückseitige Tür verschlossen und codiert ist. Zudem hat Matthias Kameras installiert, über die das gesamte Anwesen vom Haus aus einsehbar ist.

Trotz dieser Schutzmaßnahmen verändert sich das Buch.

***

In der Küche, wo Annika für das Abendessen aufdeckt, duftet es verlockend. Die Aussicht auf ein köstliches Mahl reicht aber nicht aus, ihn zu besänftigen. »Hast du wieder das Buch ausgewechselt, Annika?«

Sie sieht ihn verständnislos an. »Wovon redest du?«

»Von deinem Präsent.«

»Lässt du dich endlich herab, es zu lesen?«

»Beantworte einfach meine Frage.«

»Welche Frage?«

»Ob du das Buch ausgetauscht hast und mich verarschst?«

Sie legt die Servietten, die sie faltet, aus der Hand und stemmt ihre Arme in die Hüften. »Du sprichst in Rätseln. Warum und wie sollte ich das Buch austauschen, ich habe doch nur eins gekauft.«

»Und wie erklärst du dir das verblüffend gleiche Aussehen der Herren Matthias Böse innerhalb und außerhalb des Buchs?«

Ihre Augen spiegeln Mitleid. »Was spielt sich in deinem Kopf ab, Matthias?«

Er schlägt BÖSES ENDE an der besagten Stelle auf und hält ihr die Seite unter die Nase. »Von wegen, die Hauptfigur hat neben dem Namen nichts mit mir gemeinsam. Aber das weißt du ja am besten.«

Annika hält sich vor Schreck eine Hand vor den Mund. »Das ist ausgeschlossen, ich habe die Beschreibung einschließlich der Charaktereigenschaften des Protagonisten gecheckt. Entspräche er dir, hätte ich das Buch verbrannt oder entsorgt und mir die Verlegerin vorgeknöpft.«

»Ich schlage vor, du hörst mit dem Unsinn auf. Du hast mich gruseln gelehrt und deinen Spaß gehabt. Treib diesen Unfug nicht auf die Spitze. Habe ich mich klar genug ausgedrückt?«

Sie nimmt die Töpfe vom Herd und schaltet ihn aus. »Hör du mit deinen Unterstellungen auf. Ich habe das Buch nicht ausgetauscht. Selbst wenn ich vorhätte, dich zu provozieren, wüsste ich, wo die Grenze ist. Ich bin doch keine Psychopathin.«

»Eben hast du quasi zugegeben, dass das Buch umgeschrieben worden ist. Trotz der wundersamen Vorfälle weigere ich mich, auch nur zu erwägen, ein gedrucktes Buch könne sich eigenhändig weiterentwickeln. Folglich hat ein Mensch seine Finger im Spiel. Und dafür kommst nur du oder die Verlegerin infrage.«

»Mach dich nicht lächerlich. Genaugenommen kenne ich die Frau gar nicht, habe sie nur zweimal kurz gesehen. Aber ich schließe nicht aus, den Protagonisten zu wenig unter die Lupe genommen zu haben.«

Matthias reißt ihr das Buch aus der Hand und blättert darin. »Guck es dir genau an.« Er reicht es ihr zurück.

Annika lässt sich auf einen Küchenstuhl sinken und überschlägt die aufgeschlagenen Seiten. »Ich gebe dir ja recht, der Protagonist entspricht dir jetzt in allen Einzelheiten. Damit habe ich, wie gesagt, nichts zu tun. In mir keimt deshalb ein Verdacht auf: Weil es ein unmöglicher Zufall wäre, wenn jemand eine Romanfigur entwickelt, die dir exakt gleicht, und ich nicht in das Geschehen involviert bin, dürftest du, lieber Matthias, die Person sein, die mir was vorspielt. Du selbst steckst hinter den Wandlungen des Buchs!«

Matthias traut seinen Ohren nicht. »Das ist nicht dein Ernst? Du warst doch diejenige, die das Buch angeschleppt hat. Ich habe keine Beziehungen zur Verlegerin, wüsste nicht mal, wo ich die Frau fände. Tatsache ist, dass irgendjemand das Buch regelmäßig umschreibt und austauscht. Andernfalls hätten wir ein Problem mit übersinnlichen Kräften. Darüber denke ich besser nicht weiter nach.«

»Ich bin es nicht, verdammt. Und die Verlegerin hat weder Zugang zu unserem Haus noch kennt sie unsere Adresse.«

»Und was ist mit dem Autor, dessen Namen du durch deinen hast ersetzen lassen? Hast du ein Verhältnis mit ihm, plant ihr, mich in den Wahnsinn zu treiben?«

Annika springt auf und knallt ihm ihre flache Hand ins Gesicht. Seine Wange färbt sich rot.

»Es reicht, Annika. Klär die Sache endlich auf.«

»Sonst?«

»Das sehen wir später.«

***

Matthias, der sich nach dem Abendessen wortlos ins Bett verabschiedet hat, findet keinen Schlaf.

Seine Gedanken rotieren um das Buch und dessen inhaltliche Wandlungen. Angenommen, Annikas Idee, seinen Namen auf den des Protagonisten zu übertragen, sei ein Gag gewesen, wieso hat sie sich dann nicht über die Handlung informiert, um zu wissen, was die Figur treibt? Eine derartige Fahrlässigkeit wäre nicht ihre Art.

Oder plant sie, ihn öffentlich der Lächerlichkeit preiszugeben? Und warum hat sie als Gipfel der Bösartigkeit darauf angespielt, er könne der Urheber der Änderungen sein?

Matthias schwitzt, schiebt seine Bettdecke zur Seite. Weshalb dreht Annika im Herbst die Schlafzimmerheizung auf, obwohl der Wetterdienst keine Kältewelle erwartet? Ist dies ein weiterer Versuch, ihn zu provozieren? Er hört ihre gleichmäßigen Atemzüge. Entweder hat sie ein ruhiges Gewissen oder sie ist abgebrüht. Matthias wartet, bis er sicher ist, dass sie fest schläft. Das kleinste Geräusch vermeidend steigt er aus dem Bett und schleicht aus dem Raum. Erst in der Bibliothek wagt er, Licht einzuschalten. BÖSES ENDE ragt zehn bis zwölf Millimeter aus dem Bücherregal heraus. Er darf nicht vergessen, das Buch zurückzustellen, wie er es vorgefunden hat. Zumal Annika zuzutrauen ist, ihn zu überwachen und zu prüfen, ob seine Unruhe gewachsen ist.

Matthias lauscht einen Moment, bevor er in BÖSES ENDE blättert. Eine neue Wandlung entdeckt er nicht. Dennoch reift in ihm die Idee, das Buch erneut in den Papierkorb zu werfen. Allein der Gedanke, er vergäße es dort, woraufhin es die Putzfrau fände und sich auf seine Kosten amüsierte, hält ihn davon ab.

Die Putzfrau! Warum hat er diese Person nicht in Betracht gezogen? Sie ist im Besitz der Schlüssel, kennt die Sicherheitscodes und hat jederzeit Zugang zum Haus und Grundstück.

DREI

Beim Frühstück fällt Matthias eine hohe Nervosität an Annika auf. Sie rutscht auf ihrem Stuhl hin und her, weicht ihm aus und spricht nur, wenn er sie etwas fragt. Er erinnert sich nicht, sie jemals so aufgewühlt erlebt zu haben. Ihr ist anzusehen, dass sie ihm seine Unterstellungen, wie sie es nennt, verübelt, als hätte sie eine weiße Weste.

Als sie sich zur Arbeit verabschiedet, ruft er ihr zu, er sei nicht in der Lage zu unterrichten.

***

Matthias lässt eine Viertelstunde verstreichen, bevor er in der Schule anruft und mit matter Stimme einen Darmkatarrh vortäuscht.

Er plant, die Putzfrau zur Rede zu stellen. Ohne darüber nachgedacht zu haben, ob sie heute hier reinigt, wartet er auf sie und legt sich Fragen zurecht. Smalltalk gehört nicht zu seinem Programm. Stattdessen hat er vor, auf ihre Reaktion zu achten, wenn er sie auf BÖSES ENDE anspricht.

Gegen zehn Uhr hört er ein Auto, das auf der Straße vor dem Tor stoppt. Er schaut durch die Gardine und das vergitterte Fenster. Die Putzfrau kommt in einem Mercedes-Sportwagen. Um seine Neugierde zu verschleiern, zieht er sich von seinem Beobachtungsposten in einen Sessel zurück. Er lauscht den Geräuschen des Schlüssels in der Haustür. Rasch greift er zu BÖSES ENDE, um zu überspielen, dass er auf die Putze wartet. Kaum ist sie eingetreten, will er sie ansprechen, bringt aber kein Wort über die Lippen. Vor ihm steht eine Frau, noch schlanker als Annika, mit einem schmalen Gesicht, das ihre Wangenknochen betont. Ihre langen kastanienbraunen Locken hat sie zu einem Pferdeschwanz gebunden. Sie trägt eine Jeans und ein enges weißes T-Shirt, das ihre Figur unterstreicht. Matthias versucht, sich vorzustellen, welche Gedanken sie in ihm entfachte, wenn sie ihre Haare offen bis über den Rücken fallen ließe. Den Eindruck, sie wolle das Haus reinigen, macht sie nicht auf ihn.

Die Putzfrau scheint erstaunt zu sein, auf Matthias zu treffen, fängt sich aber zuerst. »Sie dürften Herr Böse sein? Freut mich, Sie kennenzulernen; bisher hatte ich ausschließlich Kontakt zu ihrer Frau.«

Matthias erhebt sich aus dem Sessel. »Und wer sind Sie? Ich habe die Putzfrau erwartet, keine Fitnesstrainerin.«

Sie reicht ihm die Hand. »Wie sieht denn eine Putzfrau ihrer Meinung nach aus?«

Matthias zuckt mit den Schultern. Die Unbekannte wirkt verstörend auf ihn. Liegt das an ihrer Attraktivität, durch die sein Mut sinkt, sie mit Fragen zu bombardieren?

Sie wartet vergeblich auf seine Antwort. »Ich heiße Maria und bin die Reinigungskraft. Die Bezeichnung Putzfrau ist out. Ach, vergessen Sie's, mir steht es nicht zu, Sie zu belehren.« Sie wendet sich zur Zimmertür. »Ich ziehe mich schnell um.«

Matthias bleibt wie gelähmt zurück. Die Chance, Maria provozieren, indem er sie auf das Buch anspricht und sie fragt, ob sie gemeinsam mit Annika daran arbeitet, ihn in den Wahnsinn zu treiben, hat er verspielt. Abgesehen davon hat sie BÖSES ENDE nicht im Geringsten beachtet.

Maria, er schätzt sie auf einen Meter fünfundsiebzig, hat einen weißen Kittel übergezogen. Matthias starrt sie an. Als sich ihre Blicke treffen, entwickelt sich auf seinen Wangen ein Rotton.

Eingeschüchtert steht er auf. »Welche Zimmer säubern Sie denn heute? Mir ist hundeelend; ich würde mich gern hinlegen.«

»Das Schlafzimmer habe ich nicht auf dem Programm. Ich arbeite leise. Gute Besserung.«

»Dann gehe ich mal.« Entdeckt Matthias Sympathie in Marias grünen Augen? Oder ist es Mitleid?

Als er den Raum verlässt, wagt er es nicht, sich zu ihr umzudrehen, weil sein Kopf wie eine Warnlampe leuchtet. Aber statt sich jedes Wort zu verkneifen, faselt er von hohem Blutdruck.

Er schluckt einen Angsthemmer, darauf achtend, dass Maria es nicht sieht. Was löst die Frau in ihm aus? Seine Angststörungen eskalieren. Er trägt sie mit ins Schlafzimmer, zusammen mit dem Duft ihres schweren Parfüms, das keine Reinigungskraft bei der Arbeit auftragen würde. Er wünscht sich, Maria könnte sein unbeholfenes Auftreten vergessen. Wie ein pubertierender Jüngling hat er sich verhalten, der nie ein Exemplar des weiblichen Geschlechts berührt hat.

In ihm wächst der Gedanke heran, Annika habe Maria auf ihn angesetzt. Um zu testen, ob er versucht, die sich scheinbar ergebende Chance zu nutzen und dabei seine Treueschwüre zu verdrängen.

Sich selbst verachtend, erwägt er, wieder aufzustehen und Maria auf das Buch anzusprechen. Sie zu fragen, ob sie die Verwandlungsprozesse von BÖSES ENDE mit zu verantworten habe. Eine Stimme in seinem tiefsten Innern warnt ihn davor, seinen nächsten Fehler zu begehen. Also abwarten, den Geräuschen des Staubsaugers lauschen und auf ein frühes Verschwinden von ihr hoffen. Gespannt, ob sich der Buchinhalt im Laufe ihrer Anwesenheit ändert.

Matthias hört, wie die Haustür zuschlägt, steigt aus dem Bett und sucht nach den Textpassagen, die sich bisher geändert haben. Er findet keine weiteren Wandlungen. Hat Maria angesichts seiner Nähe darauf verzichtet? Vom Fenster aus beobachtet er, wie sie die Grundstückstür abschließt und durch den Code sichert.

Was ist von ihr zu halten? Sie ist einfühlend gewesen, hat ihn emotionell berührt und ihre Arbeit verrichtet. Aber irgendetwas stimmt nicht an ihr. Verunsichert ihn ihr souveränes Auftreten, das ebenso wenig zu ihrem Berufsbild passt wie ihr schweres Parfüm und ihr Sportwagen?

Matthias Gedanken kreisen um das düstere Mysterium, das ihn in Marias Gegenwart umgeben hat. Sollte er besser darauf verzichten, es zu ergründen?

***

Er sitzt vor dem gemauerten Kamin des Wohnzimmers, lauscht dem Knacken der Holzscheite und betrachtet die Flammen, die er mit den ausgerissenen Seiten des Buchs füttert. Welche Ironie des Schicksals: Die Prophezeiung im Titel BÖSES ENDE erfüllt sich für das Buch selbst.

Annika hat am Nachmittag von einer zufälligen Begegnung mit der Verlegerin berichtet und behauptet, keinen Hinweis auf eine Verstrickung der Frau in die Wandlungsfähigkeit des Buchs gefunden zu haben. Nachprüfbar ist das nicht.

Mit dem Verbrennen zieht er einen Schlussstrich und nimmt sich vor, das Thema nicht mehr anzusprechen. Annika wird wissen, was für einen Unsinn sie verzapft hat. Hoffentlich lernt sie daraus. Schade, sie hätte sich die Einäscherung ansehen sollen.

Zufrieden mit seiner Entscheidung gießt er sich einen doppelten Whisky ein, nippt an dem Drink und schaut zu, wie die letzten Seiten mit einem kaum wahrnehmbaren Knistern in Flammen aufgehen. Mit dem Buchcover in der Hand, das er für das Finale aufgespart hat, sieht er das Feuer verlöschen. Ein Ereignis, das ihn zwingt, mit einem Streichholz nachzuhelfen. Ist er Zeuge eines bösen Omens?

Er versinkt im Land der Träume, die ihm diesmal ein stressfreies Leben vorgaukeln.

Sein Smartphone meldet eine Mail und reißt Matthias aus dem Schlaf. Annika schreibt, sie sei zu einer Freundin gefahren und wisse nicht, wann sie nach Hause komme.

Matthias Blick fällt auf das Bücherregal. Was er entdeckt, lässt ihn zusammenzucken: Das Buch ist wieder da, hat seinen alten Platz zwischen Paul Austers *Musik des Zufalls* und Heinrich Bölls *Irisches Tagebuch* eingenommen, als wäre eine Auferstehung der natürlichste Vorgang der Welt.

Wer treibt das Spiel auf die Spitze? Annika ist bei einer Freundin und Maria würde es nicht wagen, hier zu unregelmäßigen Zeiten aufzukreuzen.

Beklemmung breitet sich in seinem Körper aus wie Wasser, das Zugang zum kleinsten Winkel seines Organismus findet und ihn zu ertränken droht. Was geschieht mit mir, horcht er in sein Inneres? Bin ich ein Fall für die Psychiatrie oder einer Person im Weg, die mich gern hinter den verschlossenen Türen eines Heims sähe?

»Du bist das böse Buch«, sagt Matthias trotzig zu dem Buch. »Wenn ich dich zuklappe, existierst du nicht mehr.« Angesichts seiner Gedanken, in die sich Wahnvorstellungen mischen, beschließt er, sich ins Bett zu verkriechen. Eine bleierne Müdigkeit ergreift von ihm Besitz. Dennoch kreisen seine Überlegungen unablässig um BÖSES ENDE, bis ihn der Schlaf in sein Reich zieht.

***

Das Telefon klingelt. »Matthias Böse.«

»Hier auch.«

»Wie, hier auch?«

»Mein Name ist ebenfalls Matthias Böse. Und ich sage dir was: Ich bin das Original. Du bist reine Fiktion.«

»Ich klappe dich zu, du Arschloch. Habe ich dir das nicht angedroht?«

Annikas Stimme holt Matthias aus seinem Traum zurück. »Was redest du da, wen klappst du zu?«

»Vergiss es, ich habe von dem verdammten Buch geträumt.«

»Geh bitte zum Psychiater. Ich meine es gut mit dir.«

***

Er steht erst auf, nachdem Annika zur Arbeit gefahren ist. Sein Unterricht beginnt heute um elf Uhr.

»Ich kriege dich, Annika, oder dich, Maria«, schreit er seine Hoffnung in die Welt, ohne gehört zu werden.

VIER

Nach Schulschluss zieht es Matthias in den Bürgerpark. Er möchte mit räumlichem Abstand zum Buch in der Ruhe, die ihn in der grünen Lunge Bremens erwartet, seine Gedanken ordnen. Vorher ruft er Annika an und sagt, die Schule hätte für den Nachmittag eine Lehrerkonferenz angesetzt.

Ziellos schlendert er durch die Parklage. Da es ihm trotz des windstillen Herbsttages nicht gelingt, abzuschalten, mietet er ein Ruderboot. Die sportliche Betätigung hilft ihm, seinen Kopf freizubekommen. Ausgepumpt durch die körperliche Anstrengung setzt er sich in den Biergarten der Waldbühne, die 1890 als Ausstellungspavillon aus Holz erbaut worden ist. Eine Stunde und drei Bier später fasst er den Entschluss, das Buch nicht mehr zu beachten.

BÖSES ENDE schürt seine Ängste. Das braucht er nicht; ihm reichen der Frust im Beruf und die Enttäuschung wegen seiner bislang unbefriedigenden Schriftstellerkarriere. Um einen Schlussstrich zu ziehen, entscheidet er, die Wandlungen des Buchs als einen Scherz von Annika zu sehen und nicht weiter darauf einzugehen. Er hat Bedeutenderes vor, beispielsweise an einem Roman zu arbeiten.

Seinetwegen kann sich Annika schwarzärgern, ihre Zeit mit sinnleeren Späßen verplempert zu haben.

Er schaut von seinem Bier auf und nimmt Maria wahr, die auf der steinernen Brücke nahe dem Biergarten steht und zu ihm herüberblickt. Ihr Verhalten erweckt in Matthias den Eindruck, sie wäre am liebsten unerkannt geblieben. Er winkt sie heran.

Sie zögert kurz, bevor sie sich ihm gegenüber setzt und ihm ein Lächeln schenkt, das ihre gleichmäßigen, weißen Zähne freilegt. »Hallo Herr Böse, wie ich sehe, sind sie wieder gesund. Viel Zeit habe ich leider nicht.«

»Einen Kaffee trinken Sie doch mit mir?«

Sie blickt auf ihre Uhr. »Ich habe einen Arzttermin. Eine Routineuntersuchung.«

Matthias wagt es, ihr in die Augen zu schauen und hat das Gefühl, in einem tiefen Brunnen zu versinken. »Ich will Sie nicht aufhalten.«

Maria erwidert standhaft seinen Blick, als wolle sie ihn auf Gedanken bringen, die ihn davon ablenken, nach dem Buch zu fragen. In Matthias löst ihre Anwesenheit ein Spektrum an Emotionen aus, das von Zuneigung bis Unbehagen reicht.

Urplötzlich legt Maria ihre rechte Hand auf seine. Eine vertrauliche Geste, die ihn verwirrt, die er zugleich genießt. Als sie, selbst irritiert, ihre Hand reflexartig zurückzieht, fällt er in eine Leere.

»Entschuldigen Sie bitte, ich war weggetreten wegen meines Termins.« Sie schreibt ihm ihre Handynummer auf. »Rufen Sie an, dann gehe ich gern mit Ihnen einen Kaffee trinken.«

Er beobachtet sie eine Weile. Hat Annika Maria auf ihn angesetzt? Unsinn, in dem Fall hätte sie sich vor der Schule an seine Fersen geheftet. Hätte?

***

Matthias findet keine Ruhe. Weit nach Mitternacht wälzt er sich hin und her, schimpft über seine Schlaflosigkeit, schiebt seine Bettdecke zur Seite und zieht sie wieder über seinen Körper. Er hört, dass Annika sich ebenfalls bewegt. »Schläfst du auch nicht? Ich kriege kein Auge zu.«

»Nein, das nervt.«

Ein Geräusch schreckt beide auf.

»Hast du das gehört?«, fragt Annika.

Matthias schaltet seine Nachttischlampe an und schwingt seine Beine aus dem Bett. »Was war das?«

»Lass uns in der Bibliothek nachsehen; es hat sich angehört, als wäre was auf den Parkettboden gefallen.«

»Ich bin schon unterwegs.« Er lässt Annika nicht aus den Augen, die ihr Gesicht verzieht, als erwarte sie eine seiner Angstattacken. Um diesen vorzubeugen und sein Selbstbewusstsein zu stärken, wenn auch nur äußerlich, wirft er sich eine Tablette ein.

Annika ignoriert sein aufflammendes Heldentum und folgt ihm. »Stell dir vor, ein Einbrecher hat deine festungsähnlichen Sicherheitsmaßnahmen überwunden. Was sagst du dann?«

Statt zu antworten, öffnet Matthias die Tür zum Lesezimmer. Im diffusen Mondlicht, das durch die Vorhänge dringt, sehen sie undeutlich einen Gegenstand. Annika schaltet die Deckenlampe ein. Erschrocken weicht sie einen Schritt zurück.

Auf dem Boden liegt BÖSES ENDE, das im Regal gestanden hat, aufgeschlagen mit dem Buchumschlag nach oben, den seit dem Sturz ein Eselsohr ziert.

Matthias umkreist das Buch, ohne es aus den Augen zu lassen. »Das geht nicht mit rechten Dingen zu. Was geschieht mit uns? Wer tut uns das an?«

Annika hält sich die Hände vors Gesicht. »Ist das Buch von einem Stapel gerutscht? Eine kleine Erschütterung reicht manchmal aus.«

»Unsinn, das Buch hat zwischen den anderen geklemmt. Was wir hier sehen, ist unmöglich.«

»Es ist aber passiert.«

»Verfluchtes Buch.« Matthias schreit. »Inhalte, die sich verändern, sind nachvollziehbar, weil Menschen ihre Hand im Spiel haben könnten.« Er mustert seine Frau herausfordernd. »Aber du hast, als es gekracht hat, neben mir gelegen.« Er packt Annika an den Schultern und schüttelt sie durch. »Falls noch jemand im Haus ist und du mir was vorspielst, sag es besser gleich. Was hier geschieht, ist nicht spaßig.«

»Leck mich.« Sie wendet sich ab, um ins Schlafzimmer zurückzugehen. Nach drei Metern stoppt sie und sieht Matthias an. »Auch ich habe Angst, nicht nur du.«

Matthias tun seine Worte leid. Er umarmt Annika, deren Tränen es schaffen, durch seinen Schlafanzug bis auf die Haut vorzudringen. »Leg dich ins Bett und versuch zu schlafen. Ich forsche nach der Ursache des Absturzes. Schließlich gibt es physikalische Gesetze, die auch für Bücher gelten.«

»Was hast du vor.«

»Ich stelle das Buch wieder ins Regal. Danach untersuche ich alle Räume und den Keller. Mal sehen, ob ich was entdecke.«

»Mach was du willst, du findest mich im Bett.«

Matthias hebt eine Reihe Bücher aus dem Regal und schaut, ob jemand eine Vorrichtung installiert hat, die in der Lage wäre, ein Buch aus dem Bord zu drücken. Ein Mechanismus, dem es überdies möglich sein müsste, das Buch gezielt auszuwählen. Mehr als eine unversehrte Rückwand aus Buchenholz ist nicht zu erkennen. Er stellt die Bücher zurück und quetscht BÖSES ENDE in den neu entstandenen Spalt, durch dessen Enge die Bindungen der Bände an ihre Belastungsgrenzen stoßen.

Kopfschüttelnd starrt Matthias auf das eingeklemmte Buch. Für ihn ist es undenkbar, dass es ohne Unterstützung einer Person aus dem Regal gefallen ist. Es sei denn, das Buch könne übersinnliche Kräfte aktivieren.

Matthias schluckt einen weiteren Angsthemmer und inspiziert sämtliche Zimmer, obwohl er keinen Anhaltspunkt dafür hat, was er sucht. Etwas Verdächtiges findet er nicht. Vor der Kellertür bleibt er stehen. Das Haus schweigt ihn an. Nur sein Herzklopfen unterbricht die Stille. Warum sollte ich dort runtersteigen?, fragt er sich. Erwarte ich Spuren, die das Buch hinterlassen hat? Was für ein Schwachsinn, was hätte ein Buch davon, sich im Keller zu verstecken? Ein Buch und sich verkriechen, seine Gedanken werden wirr. Er kratzt sich am Kopf. So dicht am Ziel gibt er nicht auf.

Unten sind die Fenster gekippt. Annika pflegt einmal mehr ihren Lüftungswahn, durch den sie Spinnen, Mäusen, Kröten und anderem unheimlichen Getier Wege ins Gebäude ebnet. Ansonsten sind die Räume aufgeräumt und sauber. Apropos sauber, er mahnt sich, den Schrank der Reinigungskraft zu inspizieren.

Oben schlägt die Kellertür zu. Matthias´ Bewegungen frieren ein. Es kommt ihm wie eine Ewigkeit vor, bis er wieder in der Lage ist, sich zu regen. Er lauscht. Von seinem Standort aus ist die Kellertreppe nicht zu sehen. Lüftet Annika im Obergeschoss? Matthias reißt sich zusammen und macht den Schrank auf.

BÖSES ENDE liegt, akkurat ausgerichtet, auf sorgfältig zusammengefalteten Putztüchern. Versehen mit einem Eselsohr! Das Buch scheint ihn anzustarren, zu sagen, mein Geheimnis lüftest du nie.

Matthias stützt sich an der Kellerwand ab und fixiert das Buch, als warte er auf eine Bewegung. Mühsam gelingt es ihm, seine Augen davon loszureißen. Er rennt die Treppe hinauf, bei jedem Schritt eine Stufe auslassend, und eilt in die Bibliothek.

BÖSES ENDE steht nicht mehr im Regal! Die Lücke wirkt auf ihn wie ein schwarzes Loch, das ihn aufzusaugen droht.

FÜNF

Am nächsten Tag, als die Sonne wieder scheint, sieht Matthias die Zeit gekommen, das Heft des Handelns in die Hand zu nehmen. Er beschließt, das Buch komplett zu lesen. Warum nur in Passagen blättern, in denen der Autor den Protagonisten beschreibt? Ängstigt er sich vor dem, was ihn auf den anderen Seiten erwartet?

Er gibt sich einen Ruck, holt das Buch aus dem Keller, schlägt es auf und liest. Eine simpel gestrickte Kriminalgeschichte. Dennoch quält er sich durch einige Seiten. Er rechnet damit, dass die Druckerei, die dieses Machwerk produziert hat, Grundversionen für jeden Geschmack anbietet, neben Krimis vermutlich Liebesromane und Familiengeschichten. Seichte Storys, mit der Möglichkeit, einer der Romanfiguren seinen Namen zu geben. Doch dadurch offenbart sich nicht, wieso BÖSES ENDE in der Lage ist, seine Inhalte zu ändern.

Noch unerklärlicher ist die Macht des Buchs, seine Gedanken zu lesen. Wie sonst wären die Absätze zu erklären, auf die er in diesem Moment stößt?

Die Gestalt mit dem Fernglas, die das Geschehen auf dem Hafenfest in der Bremer Überseestadt beobachtet, ängstigt Matthias Böse. Er lässt seinen Blick in kürzer werdenden Abständen zu dieser Figur schweifen, die ihn irritiert und einschüchtert, obwohl sie nicht real, sondern auf die Fassade eines Bunkers gemalt ist.

Matthias, lässig gekleidet und als Highlight einen locker gebundenen Schal um den Hals tragend, sitzt auf der Terrasse von Golden City, der Hafenbar, in die seine Ehefrau Annika nie einen Fuß setzen würde. Ein optimaler Ort direkt am Wasser des Bremer Europahafens, um seine Heldenreise zu beginnen, sagt er sich. Er lauscht dem Shanty-Chor, der beliebte Seemannslieder singt, reißt seine Augen von der Gestalt mit dem Fernglas los und betrachtet das Treiben zwischen den Marktbuden. Wie in jedem Jahr erlebt das Hafenfest einen Besucheransturm, trotz der steifen Brise, die hier unablässig weht. Er schreckt auf, als das Signalhorn eines Schiffes ertönt, das zu einer Hafenrundfahrt vom Kai ablegt.

Das sind annähernd meine Worte, erinnert sich Matthias. Sie spiegeln meine Empfindungen auf dem Hafenfest wider, die ich in meinem Tagebuch skizziert habe. Wie ist es BÖSES ENDE gelungen, meine geheimsten Gedanken zu schildern? Annika gegenüber habe ich meine Aufzeichnungen nie erwähnt. Aber wo hat sie das Wort Heldenreise aufgeschnappt, einen Begriff aus der Schriftstellerei? Hat sie mein Tagebuch gefunden, wäre das beängstigend, weil ich es unauffindbar verwahrt habe. Noch beunruhigender wäre es, wenn eine fremde Person davon wüsste.

Er liest den nachfolgenden Text quer, bis er wieder auf Aussagen stößt, von denen nur er und sein Tagebuch wissen können.

Matthias blättert in Liebesromanen, die seine Mutter in seiner Kindheit schrieb. Er bewahrt die Groschenromane auf, obwohl er weder seiner Mutter noch ihren schriftstellerischen Ergüssen zugeneigt war. Sie drangsalierte ihn täglich und sperrte ihn schon bei mittelmäßigen Schulnoten in sein Zimmer. Zugleich war sie es, die ihm den Samen des Schreibens eingepflanzt hatte. Sein Vater, ein Orchestermusiker, der oft durch das Land tourte, schlug Matthias bereits aufgrund von Kleinigkeiten, woraufhin dieser sein inneres Misstrauen entwickelte und permanent in einem Angstzustand schwebte, wenn der Alte zuhause war. Mit seinen Mitschülern hatte Matthias ebenfalls Probleme. Sie hänselten ihn wegen seiner hageren Figur und verprügelten ihn, weil er nicht in der Lage war, sich zu wehren. Die Angst war sein ständiger Begleiter, der ihm noch heute Gesellschaft leistet.

Matthias ist erschüttert, welche Details, die für Fremde tabu sind, über das Buch in die Öffentlichkeit gelangen und sein Innenleben nach außen kehren. Sobald Annika von der Arbeit kommt, knöpft er sie sich vor. Falls sie den Mut aufbringt, ihm entgegenzutreten.

Mit dem Ziel, seinen Schweißausbruch durch kühle Luft zu mildern, öffnet er das Fenster der Bibliothek. Durch die Gitterstäbe wirft er einen Blick auf die Außenwelt, eine grüne, flache Landschaft soweit sein Auge reicht, über die an sonnendurchfluteten Tagen weiße Wolken ziehen und dabei Ruhe und Frieden ausstrahlen. Heute ist der Himmel fast schwarz. Das letzte Blau hat gegenüber der drohend aufziehenden Gewitterfront kapituliert. Schwüle statt Frische drückt in das Zimmer, die ihn zurückweichen lässt.

Matthias schließt das Fenster, um sich auf das Gespräch mit Annika vorzubereiten. Er schaut auf seine Armbanduhr. Da ihm kaum Zeit zum Lesen bleibt, liest er auch den weiteren Inhalt quer.

Es dauert nicht lange, bis er auf eine Textpassage über Annika stößt, deren Mitwirken als Romanfigur ihn verwirrt. Hat sie Barbara ersetzt, die Seiten zuvor aufgetreten ist?

Annika hasst es, gezwungen zu sein, aus ihrem Wagen zu steigen, weil Matthias auf dem Sicherheitsprocedere besteht. Das gilt sogar an Tagen, an denen er kurz nach ihr zur Arbeit fährt. Schreitet sein Interesse am technischen Fortschritt weiterhin voran, patrouilliert bald eine Roboterarmee auf dem Grundstück.

Ihr Frust verfliegt rasch, da sie sich auf ihre heimliche Beziehung freut. Matthias hat selbst Schuld an dieser Entwicklung. Wegen seines Desinteresses an ihr treibt er sie auf außereheliche Abwege.

Warum habe ich ihn bloß geheiratet?, fragt sie sich, obgleich sie die Antwort kennt. Aufgrund seiner Individualität, die er durch Frisur, Bart und Kleidung unterstreicht, seines gewissen, wenn auch schwer erkennbaren Charmes, seiner Intelligenz und seiner Ehrlichkeit hat er bei ihr einen Stein im Brett gehabt.

Positive Seiten, die ihr nicht mehr genügen. Zudem ist sie frustriert, kinderlos geblieben zu sein. Nur des ehelichen Friedens willen begleitet sie ihn hin und wieder zu Kunstausstellungen, zu Lesungen und in die Oper. Manchmal treiben sie zusammen Sport. Das war's dann, abgesehen von ein bisschen Sex.

Wäre sie nicht finanziell von ihm abhängig, hätte sie ihn längst verlassen. Weil aber das Haus und Grundstück, wie es im Ehevertrag steht, ihm gehören und neben der Immobilie und den Autos kaum Werte vorhanden sind, ginge sie bei einer Scheidung praktisch leer aus. Die einzige Lösung wäre Matthias' Tod; ein Schritt, zu dem ihr bisher der Mut fehlt.

Von ihren Eltern, die eine Apotheke besitzen, ist ebenfalls keine Unterstützung zu erwarten. Da ihre Mutter aus gesundheitlichen Gründen nicht mehr in der Lage ist zu arbeiten, zehren zusätzlich anfallenden Lohnkosten einen Großteil des Gewinns auf. Hätte ich doch beruflich Ehrgeiz entwickelt, statt gutgläubig auf eine gesicherte Zukunft zu setzen, die Matthias mir vorgegaukelt hat, gibt sich Annika selbst die Schuld. Na ja, durch den Umweg über ihn bin ich meiner wirklichen Liebe begegnet.

Sie stoppt vor einem Grundstück, das an Knoops Park grenzt, auf dem ein Gebäude im englischen Landhausstil steht. Nachdem sie die Tür zum Anwesen geöffnet hat, nähert sich ihre geheime Liebe mit ausgebreiteten Armen. Das Knirschen der Schritte auf dem Kies-

weg bildet jedes Mal den Auftakt zu intimen Stunden,
die Annika an diesem Ort verbringt.

Ein Blitz, untermalt von einem heftigen Donner, treibt Matthias in die hinterste Ecke des Zimmers, wo er sich zusammenkauert. Angst erfasst ihn mit voller Wucht. Das Unwetter tobt direkt über ihm. Starkregen peitscht gegen die Fenster und verschleiert die dahinterliegende Landschaft.

Er hat das Gefühl, innerlich zu verbrennen, was vor allem auf den Inhalt des Buchs zurückzuführen ist. Hat Annika vor, mit ihm abzurechnen, ohne ihm in die Augen zu schauen, indem sie ihre sexuellen Eskapaden in BÖSES ENDE offenlegt?

Matthias gießt sich einen Grappa ein, um sich zu beruhigen. Nach dem dritten Glas ist er halbwegs in der Lage, das Gelesene einzuschätzen.

Er schließt nicht aus, dass Annika absichtlich auf Seitensprünge ihrerseits hinweist, um diese später wieder abzustreiten. Mit dem Ziel, sich ebenfalls als Opfer darzustellen und die Wandlungen von BÖSES ENDE einem Unbekannten anzuhängen. Da sie das Buch nicht produziert, ist mindestens eine weitere Person in das Projekt eingebunden. Infrage käme ein Liebhaber, der Kontakte zum Autor pflegt oder selbst der Autor ist.

Matthias reibt seine schwitzenden Hände an der Hose trocken. Hat er Annika derart in Rage gebracht, dass sie keinen anderen Ausweg findet, als ihn zu traktieren, bis ihn die Geschehnisse, in Kombination mit seinen Angststörungen, in den Selbstmord treiben? Damit sie nicht leer ausgeht, wie bei einer Scheidung?

Oder hat jemand im Haus Abhöranlagen installiert, um mit Annika und ihm zu spielen? Jemand, der ihre persönlichen und telefonischen Gespräche verfolgt und deren Inhalte für das Buch durch seine Fantasie anreichert? Maria? Unsinn, was hätte sie davon? Aber sonst käme niemand infrage.

Es sei denn, dem Buch wäre es möglich, sich selbst zu verändern. Es ist ja auch aus eigener Kraft aus dem Regal gestürzt!

***

Das Unwetter ist blauem Himmel gewichen. Sonnenstrahlen durchfluten den Raum und bringen Matthias auf eine Idee. Annika hat ihm versprochen, heute Abend zu kochen, wahrscheinlich um ihn vom Buch abzulenken. Er beschließt, stattdessen einen Ausflug in Knoops Park vorzuschlagen und darauf zu achten, wie sie reagiert.

Annika kehrt zur erwarteten Zeit zurück. Er umarmt sie. »Was hältst du davon, den Sonnenschein zu nutzen, spazieren zu gehen und hinterher auswärts eine Kleinigkeit zu essen?«

»Warum nicht? Gibt es einen speziellen Grund?«

Er schüttelt den Kopf. »Brauchen wir einen Anlass, um auszugehen?«

»Natürlich nicht. Okay, dann muss ich nicht in der Küche stehen. Was schlägst du vor?«

»Ich möchte mal wieder durch Knoops Park schlendern, die Sonne genießen, die sich zuletzt kaum gezeigt hat, und in einem exquisiten Restaurant speisen.«

»Das wird ein kostspieliger Ausflug.«

Woher hat sie diese Information? Außer ihrer knappen Antwort hat er bei der Erwähnung von Knoops Park keine Regung an ihr gesehen. »Was soll's? Wir gehen selten aus, da darf es mal was kosten.«

***

Im Auto schweigen sie sich gegenseitig an. Annika spielt an einem Knopf ihrer Bluse herum, was Matthias als Nervosität einstuft.

Im Park hat die Herbstsonne Mühe, die Feuchtigkeit verdampfen zu lassen, die das Gewitter hinterlassen hat. Auf einem der Wege, die auf dem abschüssigen Gelände zur Lesum führen, greift Matthias ihre Hand. Sie lässt ihn gewähren. Obwohl Matthias sich wünscht, diesen harmonischen Moment einfrieren zu können, schafft er es wieder nicht den Mund zu halten. »Ich habe den Mut aufgebracht, längere Passagen in BÖSES ENDE zu lesen.«

Annika macht sich von ihm los. »Das ist ja tollkühn; wie hätte das Buch reagieren können? Hast du vorher deine Angsthemmer genommen?«

Matthias ignoriert ihre Stichelei. »Wirf einen Blick rein. Du zählst inzwischen zu den Romanfiguren und kommst aus meiner Sicht negativ rüber.«

»Wie meinst du das?«

Er deutet auf eine Bank. »Setz dich erstmal hin.« Matthias zerrt BÖSES ENDE aus der Innentasche seiner Jacke. Das Buch verhakt sich dabei, als wolle es verhindern, weitere Geheimnisse preiszugeben. Er blättert zu den Seiten, auf denen Annikas Ansichten über ihn und das Zusammenleben mit ihm verbreitet werden. »Lies!«

Kaum hat sie die ersten Zeilen gelesen, zittern ihre Lippen. »Das ist eine Unverschämtheit!« Sie knallt das Buch auf den Boden. »Glaubst du ein Wort davon? Alles erstunken und erlogen.«

Er legt eine Hand auf ihre Schulter; sie wischt sie weg.

»Okay, ich sehe inzwischen ein, dass ich mit meiner Idee, dir das Buch zu schenken, danebengelegen habe. Für mich war es ein Gag. Ich bin weder für die Metamorphosen verantwortlich, noch habe ich Interna über dich und mich weitergegeben. Du musst mir vertrauen.«

»Sonst verfügt aber niemand über diese Informationen.«

Annika verschränkt ihre Arme vor der Brust. »Was unterstellst du mir? Welchen Sinn hätte es, wenn ich Privates über dich verbreite und mich gleich mit in die Pfanne haue?« Sie holt tief Luft. »Begreifst du nicht, was hier gespielt wird? Wir haben einen gemeinsamen Feind, gegen den wir uns nur zusammen wehren können!« Um ihm ein Friedensangebot zu machen, setzt sie sich auf Matthias' Schoß. »Lass uns eine Liste erstellen, wer eine Chance hätte, an intime Daten über uns zu kommen, und was noch dringender ist, wer Zugriff auf das Buch haben könnte.«

Matthias nickt zustimmend. »Dafür kämen allerdings nur Personen infrage, die Zutritt zu unserem Haus haben. Außer uns fällt mir bloß Maria ein, die Putzfrau, die darauf besteht, Reinigungskraft genannt zu werden.«

»Du hast recht, aber das wäre absurd.«

»Sprichst du sie auf das Thema an oder soll ich das übernehmen?«

Annika winkt ab. »Nichts von beiden. Maria macht ihren Job effektiv; ich möchte sie keinesfalls verärgern. Sie hat um ein paar Tage Urlaub gebeten. Verändert sich das Buch in ihrer Abwesenheit, wäre sie aus dem Schneider. Morgen ist sie noch im Einsatz.«

Er zuckt mit den Schultern. »Was hältst du von dem Vorschlag, das Buch nicht mehr zu beachten?«

»Was brächte das? Sinnvoll wäre, die Schlösser auszutauschen, an der Haustür, an der Grundstückstür und an der Garage.«

Matthias schnauft. »Ergänzend lassen wir eine Anlage installieren, die die Bilder unserer Sicherheitskameras aufzeichnet. Glaub mir, es steckt eine fragwürdige Absicht hinter den Metamorphosen. Oder meinst du, jemand triebe solch einen Aufwand, nur um uns zu schikanieren?«

Annika lächelt verkrampft. »Glückwunsch, eine Aufzeichnungsanlage hat dir ja noch gefehlt.«

SECHS

Nach einem langweiligen, von depressiven Stimmungen unterlegten Wochenende, dessen einziger Lichtblick die Installation des Aufzeichnungsgeräts gewesen ist, hat sich Matthias in die Schule gequält. Auf der Heimfahrt reduziert er kurz vor dem Ziel seine Geschwindigkeit. Die Karosserie eines Polizeiwagens, die durch das Buschwerk seiner Nachbarn schimmert, hat seine Neugierde geweckt.

Vor dem Haus spricht Ingrid Wallmann, die Nachbarin, mit zwei Beamten. Sie winkt Matthias und gibt ihm ein Zeichen, zu stoppen. Er steigt aus, tritt zu der Gruppe und stellt sich den Polizisten vor.

Ingrids Gesicht ist verweint. »Herbert ist verschwunden. Er hat gegen fünf ein Geräusch gehört und ist aufgestanden, um nachzusehen. Ich bin wieder eingeschlafen. Als ich um neun aufgewacht bin, war er weg.«

Matthias leidet mit der Frau. Die Wallmanns sind nette Leute, mit denen Annika und er ab und zu zusammensitzen, um zu klönen. Und Herbert ist trotz seiner achtzig Jahre fit genug, um sich nicht zu verlaufen.

»Wir haben Herrn Wallmann überall gesucht, auch auf den benachbarten Grundstücken.« Der Polizist, der sich als Polizeiobermeister Möller vorstellt, fixiert Matthias durch eine Sonnenbrille, was diesen irritiert, weil die Augen seines Gegenübers für ihn unsichtbar bleiben. »Sie haben ihr Anwesen zu einer Festung ausgebaut; dort konnten wir uns leider nicht umsehen.«

»Das ist nicht nötig, da Herr Wallmann keine Möglichkeit hätte, das Grundstück zu betreten.«

»Wenn Sie uns trotzdem erlauben würden, einen Blick auf ihr Gelände zu werfen, wäre das sehr entgegenkommend.«

»Es macht doch keinen Sinn, Herr Möller. Und brauchen Sie dafür nicht einen Durchsuchungsbeschluss?«

»Eigentlich schon«, mischt sich Möllers Kollege Mehrmann ein. »Mit ihrer Zustimmung könnten Sie uns aber die Arbeit erleichtern.«

»Ob jemand auf das Grundstück eingedrungen ist, ließe sich feststellen. Wir haben eine Videoaufzeichnung installieren lassen.«

»Dann zeigen Sie mal.«

Matthias gibt nach. Er führt die Polizisten in sein Büro, die kopfschüttelnd beobachten, wie er die Schlüssel in den Schlössern dreht, die Codes eingibt und dabei eine Hand verdeckend über die Tasten hält.

Auf den Monitoren der Videoüberwachung ist unter dem heutigen Datum zu sehen, wie Annika und später er zur Arbeit fahren und wie Maria kommt und wieder wegfährt. Matthias lässt die Aufzeichnungen weiter zurücklaufen; es finden sich keine nächtlichen oder frühmorgendlichen Bewegungen.

Die Polizisten geben sich mit dem Ergebnis zufrieden. Matthias entspannt sich langsam, da nimmt er

BÖSES ENDE wahr, größtenteils verdeckt von einem Bildschirm. Nur knapp gelingt es ihm, einen Aufschrei zu unterdrücken.

Ein Blick in das aufgeklappte Buch hat ihm genügt, um auf die Schilderung von Herbert Wallmanns Verschwinden zu stoßen.

Möller bemerkt Matthias' Verunsicherung. »Stimmt was nicht mit dem Buch?«

Matthias klappt es zu und reicht es dem Polizisten. »Ein Geschenk meiner Frau. Ich hasse dieses Machwerk, weil sie mich als Protagonisten hat einsetzen lassen.«

Möller gibt BÖSES ENDE an Mehrmann weiter, der es durchblättert und ein paar Passagen querliest.

Matthias schwitzt. Zweifellos fiele ihm die Rolle des Hauptverdächtigen zu, stieße Mehrmann auf die Seite, auf der Herbert auftritt. Noch misslicher wäre es, wenn ein Entführungsfall beschrieben wird, wie ihn die Polizei vermutet.

***

Annika schäumt vor Wut. »Komm mir nicht wieder mit der absurden Idee, Maria stecke hinter dem Buch. Du hättest längst die Schlösser austauschen und Maria als Verdächtige ausschließen können.«

»Wann, am Sonntag?«

»Rede keinen Blödsinn, schon lange davor.«

»Schon lange davor? Dass ich nicht lache. Wer hat denn immer eine schützende Hand über sie gehalten?«

Annika springt auf, läuft hektisch im Zimmer umher. »Also gut, tausch die Schlösser aus und ändere die Codes. Hat Maria trotz allem die metaphysischen Spielchen zu verantworten, möchte ich mir nicht vorwerfen lassen, ich hätte sie kategorisch ausgeschlossen. Zumal ich sie nicht gut genug kenne.«

»Sage ich doch. Hättest du mich nicht gebremst, wäre das Problem längst aus der Welt. Morgen besorge ich neue Schlösser.«

»Zu spät. Maria ist ab heute Mittag kurz verreist. Geschieht in ihrer Abwesenheit etwas, ist sie sauber.«

Matthias zaubert ein Grinsen auf sein Gesicht. »Das würde zu ihrem Beruf passen.«

»Sei nicht albern.« Annika wischt eine Träne weg, die sich auf ihre rechte Wange wagt. »Gib endlich zu, dass du hinter den Metamorphosen steckst, weil du vorhast, mich mit deinen Ängsten anzustecken.«

Sie zeigt ihm eine neue Wandlung. BÖSES ENDE berichtet über Besucher, die unentdeckt im Haus auf ihren Einsatz warten. »Damit habe ich nichts zu tun. Das weißt du. Und Maria auch nicht, sie scheidet als Verdächtige aus, zumal die neue Version erst am Nachmittag unverpackt im Briefkasten gesteckt hat.«

Matthias, mit den Nerven fertig, geht in die Bibliothek, wo ihn das Gefühl beschleicht, alle Bücher starren ihn an, lachen ihn aus.

Er durchsucht das Gebäude, ohne eine Spur zu finden, die den Hinweis des Buchs bestätigt. Auch die Videoaufzeichnungen bringen ihn nicht weiter. Niemand hat das Grundstück betreten. Wen oder was hält das Buch für Besucher?

Matthias läuft es eiskalt den Rücken herunter. In der Nacht wird er kein Auge zumachen, sondern in die Dunkelheit und die beklemmende Stille lauschen.

»Trittst du geistig weg?« Annika packt ihn an den Schultern. »Wenn du weiterhin versuchst, mich mit deinen Ängsten zu infizieren, trennen wir uns. Dann bist du den Schrecken der Finsternis ausgeliefert.«

»Wie du weißt, gehst du leer aus, falls du dich scheiden lässt.«

»Es sei denn, der Tod scheidet uns.«

»Du drohst mir?«

Annika baut sich vor Matthias auf und streicht mit den Händen über ihre Brüste und Hüften. »Meinst du nicht, ich fände jemand, der die Drecksarbeit übernähme?«

SIEBEN

Matthias stört das Geklapper des Geschirrs, mit dem Annika hantiert. Er atmet auf, als sie sich an den Frühstückstisch setzt. Eine Atmosphäre absoluter Ruhe entsteht, weil beide beharrlich schweigen. Matthias bedauert, nicht später in die Küche gekommen zu sein.

Annika steht auf, ohne ihn eines Blickes zu würdigen. »Ich muss los. Zu deiner Information: Herbert ist wieder aufgetaucht. Verwirrt, er kommt ins Heim. Und Maria hat angerufen. Sie ist am Abend zurückgekehrt und sorgt ab sofort, wie gehabt, für eine reine Bude.«

»Dann treffe ich sie. Die letzte Unterrichtsstunde fällt aus.«

Annika hebt ihre Augenbrauen. »Wie ist das denn zu deuten? Gibt es was zwischen euch, von dem ich wissen sollte?«

»Bisher nicht, aber heute frage ich sie, ob sie mir Modell stehen möchte.«

»Doch nicht für deine geplanten Aktstudien?«

»Keine Studien, Gemälde.«

»Mach dich nicht lächerlich. Was soll Maria von uns halten?«

»Ich bezahle sie natürlich. Da wir jetzt wissen, dass sie nichts mit den Wandlungen des Buchs zu tun hat, sehe ich kein Problem darin, ihr einen Zweitjob anzubieten. Als Reinigungskraft wird sie gern was dazuverdienen. Schließlich ist der Unterhalt ihres Sportwagens zu finanzieren.«

Annika verschwindet ohne ein weiteres Wort. Die Tür knallt hinter ihr ins Schloss.

***

Matthias hat sich Sätze zurechtgelegt, mit denen er Maria schmeicheln und überzeugen möchte, ihm Modell zu stehen. Angesichts seiner intensiven Vorbereitung bläst er Trübsal, weil er sie verpasst hat.

Frustriert aktiviert er die Monitore seines Videoüberwachungssystems und drückt auf Schnelldurchlauf. In den eineinhalb Stunden, nachdem er das Haus verlassen hatte, ist nichts geschehen. Als die Aufnahme zeigt, wie Maria ihren Wagen vor dem Grundstück parkt, schaltet er auf Normalgeschwindigkeit zurück.

Er taxiert ihre Figur, die sie wieder durch eine maßgeschneiderte Jeans und ein enges T-Shirt betont, und tröstet sich mit der nächsten Chance, die kommen wird.

Matthias stutzt. Maria ist stehengeblieben und schaut unentwegt gen Himmel. Sie stolpert über ihre Beine, fängt sich aber und rennt Richtung Gebäude aus den Blickwinkeln der Videokameras. Dabei rutscht ihr der Schlüsselbund aus der Hand. Sie macht kehrt, greift die Schlüssel und wendet sich wieder dem Haus zu.

Er lässt die Aufzeichnung weiterlaufen. Ein Gegenstand fällt aus den Wolken oder woher auch immer.

Maria erscheint erneut auf dem Bildschirm. Sie blickt hoch, schüttelt den Kopf und hebt das Buch auf. Matthias sieht den Klappentext, der länger ist als zuvor, und das Cover, das ein anderes Foto ziert. Früher hat das Titelbild ein geschlossenes Augenpaar gezeigt; auf dem aktuellen Titel sind die Augen geöffnet, als wolle das Buch ihn observieren.

Nachdem Maria auf dem Monitor im Gebäude verschwunden ist, schaltet er erneut auf Schnelllauf. Schließlich verlässt Maria wieder Haus und Grundstück. Sie schließt die Tür zur Straße auf und ab, tippt den Code ein und schaut noch einmal nach oben.

Matthias eilt die Treppe zum Erdgeschoss hinunter. Auf der Ablage neben der Garderobe findet er eine Notiz von Maria und das Buch mit dem neuen Klappentext. Beides hat er bei seiner Heimkehr übersehen.

Lieber Herr Böse, liest er, *als ich heute Vormittag gekommen bin, ist eine Drohne über dem Anwesen aufgetaucht. Sie hat über mir gekreist. Ich hatte das Gefühl, gefilmt zu werden. Dann ist mir das Buch vor die Füße gefallen. Die Drohne ist verschwunden. Keine Ahnung, was das zu bedeuten hat. Grüße, Maria.*

Matthias greift zum Buch. Er erinnert sich zwar nicht an den alten Klappentext, erkennt aber, dass er geändert worden ist.

Matthias Böse, Protagonist des Buchs, erweist sich als nicht lebensfähig. Er bedauert sich und schürt seine

Ängste. Besser wäre es für ihn, seine letzte Chance zu nutzen. Sonst wäre damit zu rechnen, dass diejenigen, die dieses Spiel mit ihm treiben, ihn von seinen Ängsten befreien. Aber auf eine Art, die er sich nie wünschen würde.

Er setzt sich auf die Treppe. Ist der Text eine ernst gemeinte Warnung? Wer käme infrage, ihn zu warnen? Annika mit Sicherheit nicht.

Matthias' Gedanken schwanken zwischen dem Klappentext und der Videoaufzeichnung, an der ihn etwas stört, das nicht fassbar ist. Zurück an der Überwachungsanlage lässt er die Passage, in der Maria wiederholt nach oben schaut, mehrmals ablaufen, bis er die Unstimmigkeit erkennt. Weshalb ist er nicht gleich darauf gekommen? Die Drohne wirft, im Gegensatz zu allem, was sich auf dem Grundstück befindet, keinen Schatten!

ACHT

In der Nacht hat Matthias, sich schlaflos im Bett wäl-
zend, anhand einer inneren Inventur erkannt, in Allem
zu scheitern, was in seinem Leben zählt. Dazu gehört
auch sein Beruf, der ihm zunehmend Sorgen bereitet.
Vor Kurzem hat er knapp davor gestanden, die Nerven
zu verlieren und einen Schüler zu schlagen. Wann ringt
er sich durch, seinen Job zu schmeißen und nach Lust
und Laune zu jobben? Beispielsweise indem er Kurse
im Romanschreiben und freien Sprechen anbietet.

Haus und Grundstück sind bezahlt und ein bisschen
Geld, wenn auch kaum nennenswert, käme durch seine
Bücher rein, die er endlich erfolgreich schreiben könnte. Notfalls müsste er sich einschränken, was angesichts
seiner Anspruchslosigkeit unproblematisch wäre.

Überdies wäre zu klären, ob seine Ehe mit Annika
eine Zukunft hat. Nach seinem vor Wochen dezent
geäußerten Hinweis, er überlege seinen Beruf als Lehrer an den Nagel zu hängen, hat sie ihn ungläubig ange-
guckt. Hat ihn gefragt, ob er vorhabe, die Rolle der
Königin der Nacht in der Zauberflöte zu singen oder ein
armseliges Schriftstellerdasein zu fristen. Sie würfe ihm
keinen Cent in den Hut, falls sie ihn auf der Straße sit-
zend mit einer Kopfbedeckung vor den Füßen anträfe.

Seine innere Inventur hat ihm auch vor Augen
geführt, dass er neben seinen Angststörungen gegen

Selbstzweifel anzukämpfen hat. Nur wenn es ihm gelänge, diese im Keim zu ersticken, könnte er dem vernebelnden Geschehen, das sich rund um das Buch abspielt, Paroli bieten, bevor ihn seine Ängste auffressen.

Ängste vor einer Kraft, die hinter dem Unerklärlichen lauert, langfristig plant und eindeutig arglistig ist. Hätte sich jemand einen Scherz erlaubt, hätte dieser es nicht so weit getrieben und sich längst offenbart.

Um auf alle Unwägbarkeiten vorbereitet zu sein, wäre es ratsam, das Buch endlich komplett zu lesen, damit er das Finale kennenlernt und in der Lage ist, eine Gegenstrategie zu entwickeln. Fraglich ist, ob er erträgt, was BÖSES ENDE ihm prophezeien wird. Die Fäuste geballt, gibt er sich einen Ruck und holt das Buch, das ihm die Drohne hinterlassen hat, aus dem Versteck, in dem er es vor Annika verborgen hat.

Matthias liest die Schlussszene. Der Protagonist betritt eine weiträumige Diele, wo er zwei Personen begegnet. Eine von ihnen mit ist einem Messer bewaffnet.

Die auf diese Passage folgenden letzten Seiten sind herausgerissen! Das Buch lässt ihn verstört zurück.

***

Matthias bleibt keine Wahl, als gegen die sich abzeichnende Niederlage anzukämpfen. Es ist unabdingbar, die

Initiative zu übernehmen. Da ihm ein anderer Bezugspunkt fehlt, wird er Annika auf Schritt und Tritt kontrollieren und falls es unausweichlich ist, stundenlang beobachten, um herauszufinden, mit wem sie sich trifft. Angeblich ist sie heute Abend zum zigsten Mal mit einer Freundin verabredet.

Da sie abgelegen am Rande des Teufelsmoors wohnen, beschränkt sich die Möglichkeit einer Verfolgung auf das Auto. Ein Problem, zumal Annikas und sein Wagen in derselben Garage stehen und aufgrund der Sicherheitseinrichtungen eine Wartezeit von drei Minuten programmiert ist, bevor sich die Garage ein zweites Mal öffnen lässt. Annika hätte somit einen Vorsprung, der kaum aufzuholen wäre.

Aus der Not heraus durchsucht Matthias ihre Unterlagen ohne Erfolg nach Hinweisen über ein Treffen. In ihrer Unterwäsche entdeckt er schließlich den Prospekt eines Brauerei-Restaurants in Bremen-Walle. Wegen mangelnder Alternativen bleibt ihm keine Wahl.

Zur Sicherheit steckt er den Teaser ein, den er ohne Annikas Wissen besorgt hat.

Nachdem Matthias aus der Doppelgarage gefahren ist, wartet er, bis sich das Tor geschlossen hat. Er sieht ein, mit der Verzögerungsstrategie in der Öffnungs- und Schließregelung ein Eigentor geschossen zu haben.

Auf der Fahrt Richtung Walle nimmt Matthias einen Weg durch die Bremer Innenstadt in Kauf, um ein bestelltes Buch abzuholen. Als er seinen Wagen, nach dem Buchkauf, aus dem Parkhaus an der Lloyd-Passage steuert und in die Knochenhauerstraße einbiegt, meint er, Annika Arm in Arm mit einem Mann zu sehen. Er parkt sein Auto am Straßenrand im Halteverbot und folgt den beiden in ein Kaufhaus. Drinnen entdeckt er sie auf einer Rolltreppe. Ihnen nachstellend hofft er, Annika möge sich nicht umdrehen. Er hat Glück; nur ihr männlicher Begleiter schaut kurz zurück. Dieser Moment reicht aus, um die Brutalität im Gesicht des Kerls zu lesen, während die Frau mit mehreren Blusen zu den Umkleidekabinen schlendert.

Matthias gelingt es, seine Angst in den hintersten Winkel seines Gehirns zu schieben und dort unter Kontrolle zu halten. Sein Wille wächst, sich gegen Annika durchzusetzen und ihr den Beweis ihrer Untreue zu liefern. Sie hat, das ist ihm klar, die Metamorphosen des Buchs und seine damit verbundenen Erniedrigungen zu verantworten.

Der Gang vor den Kabinen ist leer; Annika ist mit dem Typ hinter dem Vorhang verschwunden, durch den ein leises Stöhnen dringt.

Matthias hört genug, um sein Handeln rechtfertigen zu können. Er zerrt den Vorhang auf, sieht ein kopulierendes Paar und taumelt zurück, als eine kräftige Faust in seinem Gesicht landet. Ungeachtet der Schmerzen reißt er seinen Teaser aus der Hosentasche und setzt ihn auf die Brust des Kerls, der daraufhin an der Kabinenwand zu Boden rutscht.

Den Blutfluss seiner Nase stillt Matthias mithilfe einer der Blusen, welche die ihm unbekannte Frau, die sich nicht zwischen Jammern oder Schreien entscheiden kann, in die Kabine getragen hat. Eine Etage tiefer schlüpft er in eine Umkleidekabine, um die Folgen des Schlags zu überprüfen. Die Nase blutet ein wenig, seine rechte Wange schwillt an. Erleichtert, kein Blut auf seiner Kleidung zu finden, zerpflückt er ein Papiertaschentuch und stopft Stücke davon in seine Nasenlöcher.

Auf dem Weg zu seinem Auto erntet er fragende Blicke. Na und? Erfreulich ist, dass der Wagen nicht abgeschleppt worden ist. Es klemmt nicht einmal ein Knöllchen am Scheibenwischer. Matthias fährt in das nahegelegene Parkhaus am Brill, setzt sich an der Schlachte in den Biergarten des Paulaners und bestellt ein Weizenbier. Die Sonne schickt sich an, hinter dem Horizont zu versinken. Am Himmel ziehen Wolken entlang, ausnahmsweise ist es windstill.

Nachdem er sich beruhigt hat, reinigt er auf der Toilette sein Gesicht. Seinem Spiegelbild zeigt er das Victoryzeichen, weil er der Frau, die er für Annika gehalten hat, und ihrem bulligen Begleiter gefolgt ist, um sie zur Rede zu stellen, ohne Angst aufkommen zu lassen.

So, liebe Annika, feuert er sich an, jetzt zu dir. Zurück im Parkhaus gibt Matthias die Adresse des Restaurants, in dem er Annika vermutet, in sein Navigationssystem ein. Für die Fahrt nach Walle und für die Parkplatzsuche benötigt er fünfzehn Minuten.

Matthias hofft, Annika nicht in die Arme zu laufen. Er wagt einen Blick ins Lokal, in der rege Betriebsamkeit herrscht. Fast hätte er Annika übersehen, die mit ihren Kolleginnen an einem Tisch sitzt. Ihr Chef scheint nicht anwesend zu sein. Obwohl er Annika gefunden hat, ist Matthias frustriert. Sein Ziel ist es gewesen, sie mit einem Liebhaber zu erwischen, um dem lästigen Geschehen rund um das Buch ein Ende zu bereiten.

Trübsal blasend setzt er sich an die Theke und bestellt ein Bier. Kaum hat er einen Schluck getrunken, hört er Annikas Stimme in seinem Rücken. Sie bedankt sich für die Einladung. Dr. Herzberg ist also eine Chefin. Sie äußert sich ebenfalls zufrieden, weil alle Zahnarzthelferinnen, schon seit achtzehn Uhr, ihre Nähe ertragen.

Matthias gewährt Annika dreißig Minuten Vorsprung, bis er in seinen Wagen steigt und ihr folgt, sofern sie das heimische Anwesen ansteuert. Er hat sinnlos seine Zeit verschwendet.

Zuhause trifft er sie im Bett an. Sie liest in BÖSES ENDE und fixiert ihn missgelaunt über den Rand des Buchs.

»Hattest du keinen erfreulichen Abend«, fragt er sie.

»Du offenbar nicht.« Sie schleudert ihm das Buch vor die Füße. »Warum baust du solche Scheiße? Dich kann ich nicht mehr frei rumlaufen lassen.«

Irritiert hebt Matthias BÖSES ENDE auf.

»Ab Seite achtzig«, ruft ihm Annika zu.

Vor Nervosität fällt ihm das Buch aus der Hand. Er versucht es erneut und blättert zu der angegebenen Stelle, an der seine Erlebnisse in der Bremer Innenstadt, vom Falschparken über den Faustschlag bis zu seinem blutigen Abgang, detailliert beschrieben sind.

Annika wäre es unmöglich gewesen, ihn beobachtet haben; sie hat zu dieser Zeit in der Brauerei-Gaststätte gesessen. Das Buch zeigt immer mehr unheimliche Seiten.

NEUN

»**W**as für ein peinlicher Auftritt.« Beim Frühstück ist Annika nach wie vor empört. »Mir zu unterstellen, ich hätte ein Verhältnis, ist an Boshaftigkeit kaum zu überbieten. Und mich zu bezichtigen, ich vögele in einer Umkleidekabine, schlägt dem Fass den Boden aus.«

»Tut mir leid, dass du das lesen musstest. Es beweist aber, wie ich an dir hänge.«

Annika lacht ihm ins Gesicht. »Hast du noch weitere Märchen auf Lager?«

»Annika bitte, lass uns nicht streiten. Wir sollten nachdenken, wer als unser Gegner infrage kommt.«

»Mich kannst du aus der Liste der Verdächtigen streichen; ich habe ein Alibi.«

»Maria haben wir ebenfalls gestrichen. Ich bin mit meinem Latein am Ende. Hast du vielleicht ...?«

Annika fährt ihm in die Rede. »Ich habe keine Lust mehr, das Thema zu diskutieren. Und Maria habe ich entlassen, da du in sie verknallt bist und feuchte Augen kriegst, sobald ihr Name fällt. Aber mir ein erotisches Verhältnis anzudichten, um von deinen Gedanken abzulenken, das passt zu dir. Pech gehabt, für dich läuft nichts mit Maria. Ich könnte dir nicht mal ihre Adresse geben. Ich habe sie ausbezahlt, ihr die Schlüssel abgenommen und alle Unterlagen von ihr vernichtet. Es ist peinlich, dass du nach einer Putzfrau geiferst.«

»Ich habe nichts mit Maria.«

»Hättest du aber gern.«

Matthias schlägt mit der Faust auf den Tisch. »Spar dir dein albernes Gerede. Und bleib bei deiner Aussage, das Buch nicht weiter thematisieren zu wollen.«

»Sag bloß, du hast vor, Harald und Bettina nichts davon zu erzählen, wenn sie uns heute Abend besuchen und mit der hier vorherrschenden düsteren Atmosphäre konfrontiert werden? Du erinnerst dich hoffentlich daran, sie zum Essen eingeladen zu haben.«

Matthias steht auf und stellt sich hinter Annika. »Warum versuchst du abzulenken?«

»Von wem oder was sollte ich dich ablenken?«

»Von unserem wahren Problem, verdammt noch mal. Du redest drum herum, als hättest du was zu verbergen.«

»Ach, leck mich.«

Er packt sie an den Schultern. »Annika, seitdem du mir das Buch geschenkt hast, haben, abgesehen von den Polizisten, drei Personen unser Anwesen betreten. Maria ist als Verdächtige ausgeschieden und inzwischen von dir entlassen worden und ich bin das Opfer. Also kommst nur du als Schuldige in Betracht. Steckt doch was anderes dahinter, wäre es für alle Beteiligten besser, das Rätsel nie zu lösen.«

Annika winkt ab und schaut auf ihre Uhr. »Sie müssten längst hier sein.« Sie fasst Matthias am Arm. »Warum rufen sie nicht an? Wieso gehen sie nicht ans Telefon? Bisher waren Harald und Bettina stets pünktlich. Sie sind seit einer Stunde überfällig!«

Matthias zieht BÖSES ENDE aus dem Regal, blättert darin und legt es auf den Tisch. »Ich finde nichts über den Besuch.«

»Los, wir fahren die Strecke ab.«

»Wäre es nicht sinnvoller, jemand bliebe hier?«

»Sie kommen weder heute noch ein andermal. Das spüre ich.«

Matthias besteht darauf, ein zweites Mal bei ihnen anzurufen. Es hebt niemand ab. »Also los, bevor wir tatenlos rumsitzen. Weißt du, welchen Weg sie nehmen?«

»Sie fahren von Sulingen über Neubruchhausen zur B6 und wechseln in Brinkum auf die Autobahn, auf der sie bis zur Ausfahrt Ritterhude bleiben.«

***

Matthias lenkt seinen Wagen in entgegengesetzter Richtung nach Sulingen. Annika löst ihre Augen keine Sekunde von der Gegenfahrbahn. Die Stimmung ist durch Sorgen belastet, die schwer an beiden hängen. Am Himmel kündigt sich ein Sonnenuntergang in blutroten Farben an, als wolle er einen letzten Gruß senden.

Hinter Schwafördеn zerreißen Blaulichter das Bild. Zwei Leichenwagen verlassen den Ort des Geschehens. An einem Baum klebt ein Fahrzeug.

Annika rinnen Tränen über die Wangen. Sie lässt sie laufen. »Das ist ihr Auto. Halte nicht an; ich möchte sie lebensfroh in Erinnerung behalten, statt ständig den zerquetschen Wagen vor Augen zu haben.«

»Also fahren wir zurück?«

»Was denn sonst?« Sie legt eine Hand auf seinen rechten Arm. »Warte, ich brauche einen Schnaps, andernfalls drehe ich durch.«

***

Nach ihrer Rückkehr fällt Matthias Blick auf das Buch. Kaum hat er es aufgeschlagen, lässt er es fallen, wie eine heiße Kartoffel. Das Buch berichtet von dem Unfall. Er eilt zur Videoüberwachung. Niemand hat das Grundstück in ihrer Abwesenheit betreten.

BÖSES ENDE hat sich aus eigener Kraft verändert!

ZEHN

Matthias hört, wie Annika sich mit jemand verabredet. Rasch prüft er im Internet, welche Filme im Kino laufen. Die Direktübertragung der Puccini-Oper La Bohème aus New York kommt ihm recht. Er ist mit der Handlung vertraut und daher vorbereitet, falls Annika auf die Idee käme, nach der Story zu fragen.

Sie schaut ihn an, ohne ihre Neugier verbergen zu können. »Warum ziehst du dich um, hast du was vor?«

»Ich gehe ins Kino im Waterfront-Einkaufszentrum.«

Annika scheint erleichtert zu sein. »Mach das, damit du mal wieder unter Menschen kommst. Soll ich dich fahren?«

»Danke für das Angebot, dafür musst du deine Zeit nicht opfern.«

Sie schenkt ihm ein Lächeln. »Wie du es wünschst. Ich besuche eine Freundin in Bremen und hätte dich gern mitgenommen.«

»Das ist nett, aber getrennt sind wir unabhängig. Ich bin gleich weg. Viel Spaß.«

»Wünsch ich dir auch.«

Sein PC meldet einen Maileingang. Der Absender ist ihm unbekannt. In der Nachricht wird ihm eine Adresse genannt, unter der er Annika heute Abend finden könne. Er soll eine halbe Stunde nach ihr losfahren und sich auf eine unerfreuliche Überraschung vorbereiten.

Matthias lässt sich, trotzt der Mail, nicht davon abbringen, Annika zu verfolgen. Möglicherweise stammt die Mail von ihr, um ihn in eine falsche Richtung zu locken.

Er zieht an der Garage das Procedere durch, das sein Sicherheitsprozess vorschreibt. Drei Kilometer vom Grundstück entfernt versteckt er sein Auto hinter Büschen, die dazu dienen, einen mit Bauschutt beladenen Platz zu verbergen.

Matthias gibt die in der Nachricht erwähnte Adresse in sein Navi ein, steigt aus dem Wagen und nutzt einen Strauch als Deckung, von dem aus er die vorbeifahrenden Fahrzeuge beobachtet. Nach zehn Minuten passiert Annika die Stelle mit aufgeblendetem Licht.

Da an diesem herbstlichen Abend kaum Autos fahren, fällt es ihm leicht, ihr zu folgen. Die Straße, in die sie kurz darauf einbiegt, ist ihm fremd, entspricht aber einem Teil der Route, die zum eingegebenen Ziel führt. Die Strecke verläuft durch eine abgelegene, unheimlich wirkende Gegend. Bäume schwingen ihre Äste im Wind. Eine Geste, als hätten sie vor, Matthias zu warnen oder ihn in die Irre zu führen. Im Schein des Vollmonds, der über der Landschaft schwebt, taucht ab und zu ein Bauernhof auf.

Von wegen Freundin in Bremen. Annika hat ihn belogen.

Beunruhigen sie die Scheinwerfer seines Wagens, die nicht aus ihrem Rückspiegel weichen? Sicherheitshalber stoppt er am Straßenrand, nachdem sie um eine Kurve gebogen ist, und wartet fünf Minuten, bevor er sich allein seinem Navi anvertraut.

Matthias gewinnt Selbstvertrauen, weil es ihm für eine gewisse Zeit gelingt, seine Ängste einzukapseln. Sein Wille, gegen seine inneren Gespenster aufzubegehren, trägt Früchte.

»Nach zweihundert Metern haben Sie ihr Ziel erreicht«, meldet das Navi. »Es befindet sich auf der rechten Seite.«

Er lässt sein Auto an der Adresse vorbeirollen, den Mond, der ausreichend Helligkeit spendet, als Verbündeten nutzend. Annika ist auf einen Bauernhof abgebogen und hat ihren Wagen neben einem landwirtschaftlichen Gebäude geparkt. Matthias fährt dreihundert Meter weiter, stellt sein Fahrzeug auf dem Seitenstreifen ab und geht zurück.

Was er vorfindet, veranlasst ihn, den Kopf zu schütteln. Sicherheitstechnisch ist das Anwesen das absolute Gegenteil von seinem Grundstück.

Er wartet ab, ob sich auf dem Hof jemand bewegt oder ein Hofhund anschlägt. Den Mittelpunkt des Geländes beansprucht ein rot geklinkertes Wohnhaus. Auf der rechten Seite des Hofs steht eine große Scheune, auf der linken ein verfallener Stall. Tierhaltung gibt es hier nicht mehr, sonst gäbe es eine Geräuschkulisse.

Matthias stolpert über einen hochstehenden Pflasterstein, kann sich aber fangen. Er flucht kaum vernehmbar vor sich hin, abwartend, ob er aufgefallen ist und unschlüssig hinsichtlich seines weiteren Vorgehens.

Die Lampe über der Haustür des Wohngebäudes ist die einzige Beleuchtung auf dem Grundstück. Sie flackert und schürt seine Nervosität. Von wegen Ängste verdrängt. Hätte er doch seine Tabletten mitgenommen.

Er schleicht an der Scheune entlang, um auf dem mit grob behauenen Kopfsteinen gepflasterten Hof nicht wie auf einem Präsentierteller zu wandeln, auf dem er im flackernden Lampenlicht Schatten würfe. Als ihn etwas Körperloses streift, zuckt Matthias zusammen. Er steht wie erstarrt, entspannt sich erst wieder, als er eine Eule wahrnimmt, die über den Hof fliegt.

Am Wohnhaus schaut er sich nach Überwachungskameras um, ohne welche zu bemerken.

Er wendet sich der rechten Seite des Gebäudes zu, von der ein Lichtstreif auf den Rasen fällt. Die Helligkeit strömt aus einem erleuchteten Fenster im Erdgeschoss. Matthias wägt ab, ob er einen Blick in das Zimmer werfen oder warten sollte. Er entscheidet sich, das Vorhaben zurückzustellen. Zumal er es für klüger hält, zuerst die Rückseite anzuschauen, damit sich ihm Fluchtwege erschließen.

Hinter dem Haus entdeckt er eine Engelskulptur, die vom Mond erhellt über eine Hecke ragt, und einen mit weißem Kies belegten Weg, der gering beleuchtet ist und auf das Nachbargrundstück führt. Dort trifft Matthias auf einen Gewerbebetrieb. In leuchtenden Buchstaben prangt die Firmierung *Johannes Voigt Digital-druck* am Gebäude.

Eine zielführende Spur. Es ist zu vermuten, dass es sich bei Annikas Liebhaber um Johannes handelt, der sie aus seiner Druckerei immer wieder in kürzester Zeit mit den Versionen von BÖSES ENDE beliefert.

Ist die Erklärung für die übersinnlichen Ereignisse so simpel? Nein, das wäre unmöglich. Wie hätte das Buch beispielsweise nachts aus dem Regal fallen oder schon vom Tod ihrer Bekannten Harald und Bettina berichten können, als sie vom Unfallort zurückgekehrt sind? Matthias erinnert sich, das Buch als erster in der Hand gehalten zu haben. Annika hätte keine Gelegenheit gefunden, es auszutauschen. Und eine andere Person hat das Grundstück seit ihrer Fahrt nach Schwaförden nicht betreten. Das beweisen die Videoaufzeichnungen.

Matthias duckt sich instinktiv. Fledermäuse, auf dem eigenen Anwesen eine Quelle seiner Ängste, treiben auch hier ihr Unwesen.

Die Augen nach oben gerichtet, eilt er zu dem Fenster des Wohnhauses zurück, hinter dem sich eine Szene mit Annika in der Hauptrolle abspielen könnte, die ihm nicht gefiele. In dem Raum brennt weiterhin Licht. Matthias schaut hinein, erblickt jedoch nur eine mit Stuck verzierte Zimmerdecke, an der eine altertümliche Lampe hängt.

Erfolglos sucht er im Garten nach einer Leiter, einem Tisch oder einem Stuhl. Er muss sich mit einer Holzkiste zufriedengeben, die einen wenig vertrauenserweckenden Eindruck macht. Da ihm keine Wahl bleibt, stellt er sie unter das Fenster und steigt hinauf. Die Höhe reicht aus, um über den Rahmen des Fensterflügels zu schauen.

Er will schreien, aber das, was er sieht, verschließt ihm den Mund.

Annika und Maria liegen nackt auf einer modernen Chaiselongue. Annika hat ihre Augen geschlossen. Maria, die halb auf ihr liegt, schaut ihn unentwegt an. Matthias rechnet nicht mehr mit einer Reaktion, da senkt sie ihre Lider, als ließe sich dadurch die Realität ausblenden.

Um nicht weiter zuschauen zu müssen, springt Matthias von der Kiste und stellt sich mit dem Rücken an die Wand, als wolle er mit ihr verschmelzen. Wäre es sinnvoll, einen zweiten Blick zu wagen? Er scheut davor zurück, zumal er dabei in Annikas Augen schauen könnte.

Verstört stolpert er über den Hof zu seinem Auto, innerlich hin- und hergerissen, ob er Annika auf diesen Vorfall ansprechen sollte.

Er fährt nicht gleich nach Hause, sondern nach Fischerhude, wo er sich das Erlebte in einem Restaurant durch den Kopf gehen lässt, begleitet von etlichen Bieren.

Wie konnte es zu einer sexuellen Beziehung zwischen Annika und Maria kommen? Was ist schiefgelaufen in seiner Ehe? Wieso hat Annika nicht mit ihm geredet, statt ihm eine heile Welt vorzugaukeln? Und weshalb hat sie ihn hingebungsvoll mit Angsthemmern versorgt und ihm, ohne erkennbaren Anlass, ein Buch geschenkt, das seine Ängste fördert? Sicherlich trägt er selbst einen Teil Schuld an dieser Entwicklung. Wie auch immer, er muss mit Annika reden.

Maria ist ihm ebenfalls ein Rätsel. Warum arbeitet sie als Putzfrau, obwohl sie über genug Geld verfügen dürfte, das sie vermutlich von ihrem Vater Johannes erhält?

Fraglich ist zudem, aus welchem Grund sie nicht stärker auf ihn reagiert hat, als nur ihre Lider zu senken. Außerdem hätte sie sich gegenüber Annika anders verhalten und auf ihn als Spanner hinweisen müssen.

Wollte sie ihm eine Botschaft schicken, ihm mitteilen, dass ihr Verhältnis zu Annika keine Bedeutung hat? Oder ist es ihr egal gewesen, beobachtet zu werden?

Beide stecken hinter den Wandlungen des Buchs. Das liegt seit seinem Blick durch das Fenster unbestreitbar auf der Hand. Als offene Frage bleibt, wer ihm die Mail geschickt hat. Wie gefährlich sind seine Gegnerinnen? Und wer ist die dritte Person, die ihm die Mail geschickt hat?

ELF

Matthias wacht schweißnass auf. Er hat geträumt, kann sich aber nicht mehr an den Inhalt erinnern. Als er wieder normal atmet, zieht er das Buch aus dem Regal und entdeckt sein Gesicht auf dem Cover. Mit aufgeplatzten Wangen, aus denen Blut rinnt, und mit einem weit aufgerissenen Mund, der sein Leid hinausschreit, blickt ihm sein Konterfei entgegen.

Matthias ist es recht, Annika nicht zu begegnen, die ihm eine Notiz hingelegt hat, dass sie mit ihrer Freundin - oder Geliebten, wie er vermutet - den Samstag verbringt.

Er sollte sie nach ihrem Verhältnis zu Maria fragen. Sein inneres Misstrauen rät ihm aber, erst Maria einen zweiten Besuch abzustatten. Sie ist Annikas Gespielin, das lässt sich nicht leugnen. Falls er beide antrifft, hätte er die Chance, sie gemeinsam zur Rede stellen. Sofern ihm sein Mut nicht verlässt.

***

Matthias parkt seinen Wagen auf dem Hof und klingelt an der Tür des Wohngebäudes. Da niemand reagiert, schlendert er um das Haus herum. Die Kiste, auf der er gestanden hat, liegt da, wie von ihm zurückgelassen. Hinter dem Fenster, das ihm tiefe Einblicke gewährt hat, hängt ein schwerer Vorhang. Wachsam in alle Richtungen schauend, nutzt er den Verbindungsweg zum Nachbargrundstück, wo das Betriebsgebäude auf ihn wartet. Wie er sieht, arbeitet man hier sogar samstags. Da die Eingangstür weit geöffnet ist, tritt er ein und fragt den Mitarbeiter, der ihm zuerst über den Weg läuft, nach dem Chef.

»Wir haben eine Chefin.« Er deutet in die Halle. »Sie finden sie dort an der Maschine.«

Maria, die ihre langen kastanienbraunen Haare auch heute zu einem Pferdeschwanz gebunden hat, gibt ihm ein Zeichen, ihn gleich zu empfangen. Als seriöse Chefin einer Druckerei, die mit anpackt, trägt sie eine Jeans und ein kariertes, langärmeliges Holzfällerhemd. Als sie vor ihm steht, fällt ihm auf, dass sie kein Parfüm aufgetragen hat.

»Der Herr Böse. Was treibt Sie denn nochmal hierher? Annika ist am Abend nach Hause gefahren.«

»Die suche ich zwar, möchte aber zuerst mit Ihnen sprechen.«

»Kommen Sie, gehen wir ins Wohnhaus und leisten der Espressomaschine Gesellschaft.«

Sie setzen sich in die Küche, von der eine Tür in den Garten führt. »Trinken Sie den Espresso mild oder gehaltvoll?«

»Gehaltvoll bitte.«

Matthias begreift die Welt nicht mehr. Warum hat Maria kein Problem damit, dass er sie beobachtet hat?

Mangelt es ihr an Schamgefühl oder ist sie geschickt darin, es zu verbergen?

Sie quält sich ein Grinsen ins Gesicht, als sie den Espresso serviert. »Wollen wir uns nicht duzen? Sie haben garantiert vor, mich nach dem verstörendem Erlebnis zu fragen. Darüber lässt sich entspannter sprechen, wenn man sich duzt. Ich bin Maria, wie du weißt.«

»Da wäre ich nicht drauf gekommen.« Matthias schenkt ihr ein Lächeln, um seine brüske Antwort abzumildern.

Marias Smartphone klingelt. »Ist schon okay, ich bin sofort bei euch.« Sie schiebt Matthias ihren Espresso zu. »Bis gleich, muss im Betrieb was klären.«

Kaum ist sie aus dem Haus, da läutet der Postbote. Er drückt Matthias einen Stapel Briefe und einen Versandbeutel in die Hand, auf dem Annika als Absender vermerkt ist. Matthias zögert, den Beutel zu öffnen, kann jedoch nicht widerstehen, weil sich der Inhalt wie ein Buch anfühlt. Eine neue Version von BÖSES ENDE! Käme Maria in diesem Augenblick herein, hätte er ein Problem.

Hastig klappt er das Buch an der Stelle auf, an der ein Zettel klemmt. Er stößt auf eine Szene, in der Maria plant, ihn zu töten. Sie entscheidet sich nach ihrer Ansicht für die sauberste Lösung, indem sie ihn verführt, ihm Gift in ein Getränk mischt und ihn dann mit einem Kissen erstickt.

Matthias fällt vor Schreck das Buch aus der Hand, als die Haustür aufgeht. »Was ist denn jetzt noch?«, hört er Maria. »Ich habe Besuch, jaja, ich komme nochmal.«

Er quetscht das Buch in die Versandtasche. Der Verschlussclip ist ihm heruntergefallen und unauffindbar. Maria dürfte jeden Moment zurückkommen. Schon steckt sie den Haustürschlüssel ins Schloss. Er huscht in die Küche zurück.

Maria wischt sich eine Haarsträhne aus der Stirn, als sie durch die Tür tritt. »Danke, dass du meine Post angenommen hast. Wie wär's mit einem Tee? Du hättest die Wahl zwischen Darjeeling und einer Ostfriesenmischung.«

»Ich mag beide Sorten.«

»Hast du meine Post geöffnet?«

»Das ist zwanghaft abgelaufen, weil Annika das Buch verschickt hat. Ich habe sogar in der neuen Version gelesen.« Matthias sieht, dass Maria zittert. »Entschuldige bitte.«

»Mach das nie wieder. Durch den Reinfall mit meinem Ehemann reagiere ich empfindlich, wenn jemand meine privaten Grenzen verletzt. Wir hätten uns das Buch gemeinsam ansehen können. Na ja, wenigstens bist du ehrlich.«

»Du bist verheiratet?«

»Mein Mann gilt als verschollen. Ich möchte nicht darüber reden.«

Begriffe wie K.-o.-Tropfen, Kissen und ersticken schwirren durch seinen Kopf.

Matthias setzt seinen Arme-Hunde-Blick ein. »Wieso erlaubst du mir, mich ohne Aufsicht in deinem Haus aufzuhalten? Wir haben uns erst zweimal kurz gesehen. Außerdem habe ich deine privaten Grenzen verletzt, was du nicht magst. Suchst du das Risiko?«

»Ich bin bestens über dich im Bilde. Annika hat fleißig geplaudert.«

Maria schlägt das Buch ebenfalls zwischen den markierten Seiten auf. »Falls du das gelesen hast, weißt du, was von mir zu erwarten ist. Oder wünschst du, auf eine andere Art ins Jenseits befördert zu werden?«

»Die Vorstellung, vor meinem Tod von dir verführt zu werden, gefällt mir. Dir auch, wie ich gelesen habe.«

»Schau genau hin, dann siehst du, welches Gift ich dir verabreiche.«

»Ich vertraue dir.«

»Selbst schuld, könnte böse enden.« Sie hält sich eine Hand vor den Mund. »Ein Fauxpas, tut mir leid.«

Matthias beobachtet Maria, die trotz ihrer Scherze immer noch zittert. Sie ist kaum in der Lage, Tee in ein Netz zu füllen und Wasser aufzusetzen. »Bitte sei nicht mehr sauer, weil ich die Post geöffnet habe. Du bist ja völlig aufgewühlt.«

»Es geht nicht um dich. Als ich im Betrieb war, hat Annika angerufen. Sie war außer sich. Ihre Geliebte, die Zahnärztin, mit der sie sich eine goldene Zukunft ausgemalt hatte, hat sie verlassen und ihr gekündigt. Sie sagt, sie wisse, dass du hier bist und verlangt von mir, dich aus dem Haus zu jagen, um in Ruhe mit mir reden zu können. Sie sei froh, dass ich zu ihr stehe.« Maria wendet sich Matthias zu. »Ich habe Angst.«

Er berührt sie leicht am Arm. »Entspanne dich. Falls du es wünschst, leiste ich dir weiter Gesellschaft.«

»Annika hat Schlüssel für die Haustüren, kann jederzeit hereinmarschieren, Feuer legen oder anderen Ärger machen. Sie gibt damit an, ein Gewehr zu besitzen. Wie soll ich mich da beruhigen? Bleib bloß hier.«

Maria gießt das kochende Wasser auf die Teeblätter und stellt Brot und Käse auf den Tisch.

Ihr Handy klingelt. Matthias hört Annikas Stimme. »Er ist noch da. Zehn Minuten, dann zerkratze ich seine Karre. Ihr sitzt übrigens wie auf einem Präsentierteller.«

Maria wirft Matthias ein Schlüsselbund zu. »Schließ die Eingangstür ab und lass den Schlüssel stecken. Danach hat Annika keine Chance mehr einzudringen.«

Während er aus der Küche eilt, um Marias Wunsch auszuführen, zieht sie die Vorhänge zu und steckt einen Schlüssel in die Terrassentür. Als doppelte Absicherung klemmen sie Stuhllehnen unter die Türklinken.

Maria setzt sich in einen toten Winkel des Raums und winkt Matthias zu sich. »Es wird Zeit, über Annika zu reden.«

Sie kriecht zum Tisch und angelt Brot, Käse und zwei Becher Tee herunter, die sie auf den Boden stellt.

»Besteck hole ich nicht, ich könnte in die Schusslinie geraten. Möchtest du zuerst abbeißen?«

Matthias schüttelt den Kopf. »Ladys first.«

Maria kaut ihren Bissen runter, bevor sie antwortet. »Durch meine Mail, mit deren Hilfe ich dich gestern hierher gelockt habe, wollte ich dir klarmachen, was Annika treibt. Okay, ich war daran beteiligt, bin aber solo und kann tun, was ich will. Mein Ziel war es, dich zu schockieren, um dich wachzurütteln. Zunächst hatte ich vor, dich anzurufen. Dann habe ich dich im Bürgerpark getroffen, habe deinem bohrenden Blick standgehalten, aber nicht den Mut aufgebracht, mit dir über Annika zu reden, weil ich mir nicht sicher war, ob du meinen Aussagen trauen würdest.« Sie nippt an ihrem Tee. »Letztlich wurde es Zeit zu handeln.«

Er sieht sie fragend an. »Warum wolltest du mich wachrütteln? Was treibt dich an, die Seiten zu wechseln?«

»Ich habe nie auf Annikas Seite gestanden.«

Matthias schiebt sich den restlichen Käse in den Mund. »Ihr steckt beide hinter den metaphysischen Wandlungen des Buchs. Welches Ziel ihr mit diesem Unsinn verfolgt, ist mir schleierhaft. Ebenfalls unklar ist mir, wie ihr das mit dem Buch gemanagt habt? Die Vorfälle sind für mich ein Rätsel.«

»Möchtest du einen Cognac?«

»Nur wenn du mir mit dem Drink die Wahrheit über die unheimlichen Kräfte des Buchs servierst!«

Sie krabbelt aus der Küche, kommt mit zwei Gläsern und einer Flasche zurück und schenkt ein.

»Am Anfang lief das Projekt BÖSES ENDE für Annika wie geschmiert. Sie hat das Buch in mehreren Varianten jeweils zweimal drucken lassen. Dadurch ist es ihr immer wieder gelungen, dir BÖSES ENDE in einer geänderten Version unterzuschieben oder das Buch eins zu eins zu ersetzen. Exemplarisch steht dafür das verbrannte Buch. Du bist eingeschlafen und hast nicht bemerkt, dass Annika Glück hatte, im richtigen Moment von ihrer Freundin vorbeizuschauen, da sie zuhause was vergessen hatte. In ihrer Euphorie hat sie sich später weiter vorgewagt, hat Interna über dich preisgegeben und diese ins Buch einfließen lassen. Besonders dreist finde ich, dass sie Inhalte aus deinem Tagebuch verwendet hat. Auszüge aus ihren eigenen Aufzeichnungen musste ich ebenfalls einfügen, damit sie sich selbst als Opfer darstellen konnte. Hinterher hat sie mich beschimpft, weil ich die Passagen, in denen sie von deinem Tod und ihren Seitensprüngen spricht, ohne explizit zu fragen, in das Buch eingebaut habe. Auch das habe ich getan, um dich wachzurütteln.«

Sie zögert einen Moment. »Ich frage mich, warum du nicht auf meine Warnungen reagiert hast. Waren meine Hinweise zu dezent?«

»Aus meiner Sicht seid ihr beide die einzigen Verdächtigen gewesen; sonst konnte niemand mein Haus betreten. Dass Annika dich ständig verteidigt hat, hat dich noch suspekter erscheinen lassen. Selbst wenn ich dir mein Vertrauen geschenkt hätte: Was sollte ich tun? Ich kannte dich nur als Reinigungskraft und hatte keine Kontaktdaten von dir. Annika angeblich auch nicht.«

»Okay, dann konntest du nicht wissen, dass ich auf deiner Seite stehe. Aber weshalb hast du mich nicht angerufen, ich hatte dir doch meine Handynummer aufgeschrieben?«

»Maria, was auch immer du mir erzählt hättest, wie hätte ich den Wahrheitsgehalt überprüfen können? Warum sollte ich dich also anrufen?«

Sie lehnt sich gegen die Wand und schließt die Augen. »Ich hatte mir von dem Gespräch viel versprochen. Wir hätten all das bereden können, was wir heute nachholen müssen. Und ich hätte mir den provokanten Auftritt mit Annika ersparen können. Durch den Schock, den du erleben musstest, habe ich die letzte Chance gesehen, dich aufzurütteln. Hätte ich nichts unternommen, wäre ich mitverantwortlich gewesen. Das hätte ich mir nie verziehen.«

Er legt ihr eine Hand aufs Knie. »Der Schock hat mir geholfen meine Ängste zu verdrängen und mich zur Göttin der Lust zu wagen.«

Maria holt mit einer Hand zum Schlag aus, lässt sie aber wieder sinken. »Scheuch Annika aus deinem Haus und such dir eine Geliebte, mit der du nochmal von vorn anfängst.«

»Danke für das Angebot, ist akzeptiert.«

»Träum weiter.« Sie hält sich die Hände vors Gesicht, um ihr Lächeln zu verbergen. »Zurück zum Thema Vertrauen. Wie gesagt, stehe ich auf deiner Seite.«

Matthias leert sein Glas. »Dass du dich gegen Annika wendest, hätte ich nie in Betracht gezogen.«

Sie krabbelt davon. »Entschuldigung, ich muss auf die Toilette. Bin gleich wieder für dich da.«

Matthias kann nicht mehr sitzen, folgt ihr bis in die Diele, um sich die Beine zu vertreten. Er reibt seine Augen, weil das Sonnenlicht den Eingangsbereich in ein metaphysisches Licht taucht, das die Gegenstände verschwimmen lässt. Aus dem Ungefähren kristallisieren sich drei Personen heraus, deren Konturen im Wechsel zerfließen und sich schärfen. Zu erkennen ist niemand. Eine der Figuren hält etwas Undefinierbares in der Hand.

Er zuckt zusammen, als Maria ihn anspricht. »Siehst du was, was ich nicht sehe?«

Matthias zwingt sich, seinen Blick von der Diele abzuwenden. »Ich habe geträumt. Lass uns in die Küche zurückgehen.«

Maria lehnt sich neben der Terrassentür mit dem Rücken an die Wand. »Hier bin ich auch vor Kugeln sicher.« Sie klatscht in die Hände. »Okay, machen wir mit BÖSES ENDE weiter. Annika hat das Buch, das aus dem Regal gefallen ist, am Abend zuvor auf den Parkettboden gelegt. Als du aufgewacht bist, hat sie via

Funk in eurer Bibliothek ein Band mit dem Aufprallge-
räusch gestartet und ist mit dir hingeeilt. Das Buch, das
du im Keller im Putzschrank gefunden hast, ist nicht
dasselbe gewesen, das du zwischen die anderen Bücher
gequetscht hattest. Annika hatte das Buch vorher im
Keller deponiert und hat das in der Bibliothek entfernt,
nachdem du runtergegangen warst. In beide hatte sie
Eselsohren geknickt.« Maria schenkt Cognac ein. »In
Bremen habe ich dich zufällig gesehen, Annika via
Mail benachrichtigt und ihr das Buch nach Hause
gebracht, weil sie, wie ich glaube, Angst hatte, ich
könnte zu dir halten. Da die Zeit für die Produktion des
Buchs sehr eng war, habe ich es binnen weniger Minuten auf einer Espresso Book Maschine gedruckt.«

Matthias schaut aus dem Fenster. Sein Blick fällt auf
die Hecke, über die Grabsteine und der weiße Engel
herausragen, der düstere Gefühle in ihm weckt.

Maria holt ihn aus seiner Gedankenwelt zurück,
indem sie ihm in einer vertraulichen Geste eine Hand
auf die Schulter legt. »Zu dem tödlichen Unfall eurer
Bekannten und dem Verschwinden von Herbert Wallmann hat mir Annika Mails geschickt und mich jeweils
gebeten, die Geschehnisse einzuarbeiten, die Bücher zu
drucken und die neuen Versionen ins Haus zu legen
oder sie an einer Stelle über den Zaun zu werfen, wo sie
nicht von der Videoüberwachung erfasst werden.

Nach den vergeblichen Versuchen, eure Freunde
anzurufen, hat Annika vermutet, dass sie verunglückt

sind. Sie hat mich vorausschauend angerufen und zwei Varianten des Buchs bestellt. In einer Version sollte BÖSES ENDE von einem Zusammenstoß mit einem anderen Fahrzeug berichten, in der zweiten von einem Crash gegen einen Baum. Annikas Rechnung ist aufgegangen. Da sie zudem die Heimkehr verzögert hat, angeblich um was zu trinken, und zur Ruhe zu kommen, ist ein Zeitfenster von rund fünf Stunden entstanden, sodass die Zeit für die komplette Produktion und Lieferung ausgereicht hat.« Maria schüttelt sich vor Ekel. »Sie hat den Tod eurer Bekannten für ihre Zwecke missbraucht. Für die Änderung wegen des Verschwindens von Herbert Wallmann hat eine ähnliche Zeitspanne zur Verfügung gestanden.«

Maria bestätigt auch, den Brieföffner, den Matthias in den Falz des Buchs geklemmt hatte, entfernt und dabei das Buch ausgetauscht zu haben. Sie nippt an ihrem Cognac. »Eine Drohne hat nie über deinem Grundstück gekreist. Ich habe das Buch aus einem toten Winkel in die Luft geworfen, damit es aussieht, als wäre es vom Himmel gefallen.«

»Und was ist mit den Besuchern, die sich angeblich im Haus verstecken?«

Maria lächelt. »Solche Wesen hat es nie gegeben. Es ist eine Idee von Annika. Alle Ideen stammen von ihr.«

Matthias legt eine Hand auf ihre, die noch auf seiner Schulter ruht. »Jetzt könnte ich einen dritten Drink vertragen.«

Sie lässt ihn los und schenkt ein. »Du hast ein Sicherheitssystem nach dem anderen installiert und nicht gemerkt, dass du deinen Feind mit einschließt. Und ich bin zu gutgläubig, vertraue Annika meine Hausschlüssel an, ohne mir Gedanken darüber zu machen. Wäre das Ganze nicht so bedrückend, könnte ich mich totlachen.«

»Was meinst du mit bedrückend?«

Maria zieht ihr Holzfällerhemd aus und hebt ihr Unterhemd an, um ihren Bauch zu zeigen, der Verletzungen aufweist. »Mein Rücken sieht genauso aus.«

Matthias ist erschrocken, wagt aber nicht, den Blick abzuwenden. »Wer hat dir das angetan?«

»Bernd, mein Ehemann. Nun komme ich doch nicht drum herum, über ihn zu reden. Er hat mich geschlagen, vergewaltigt und mir die Haut mit Messern aufgeritzt, weil ich ihn wegen seiner Affären verlassen wollte.« Sie wischt sich eine Träne weg. »Ekelig, oder?«

»Mich stört es nicht, es ist weitgehend verheilt.«

Matthias hebt abwehrend seine Hände, als Maria ihre Muskeln anspannt. »Ich möchte deine Verletzungen nicht verniedlichen. Gehst du zum Bodybuilding?«

»Nein, zum Krafttraining und zu einem Selbstverteidigungskurs. Obendrein trainiere ich Messerwerfen, mit mäßigem Erfolg, wie ich zugebe.«

Matthias kratzt sich am Kopf. »Tut mir ehrlich leid, was dein Mann dir angetan hat. Bist du inzwischen geschieden?«

Ein schepperndes Geräusch unterbricht ihn. Maria zieht ein langes Küchenmesser aus der Messerbank. In gebückter Haltung eilt sie ins Wohnzimmer, wo sie den Ursprung des Geräuschs vermutet. Eine Vase, mit der sie Dokumente beschwert hatte, ist zusammen mit Unterlagen von einem Zeitschriftenstapel gerutscht und auf dem gefliesten Boden zerschellt.

Maria steht ratlos vor dem Scherbenhaufen. »Ich schließe nicht aus, den Stapel schief gebaut zu haben, aber warum rutscht er erst Tage später weg?« Sie schaut Matthias an. »Wir sehen nach, ob ein Fenster aufgebrochen worden ist.«

Die Überprüfung führt zu keinem entsprechenden Hinweis. Maria lenkt Matthias am Arm aus dem Raum. »Wir sollten uns nicht verrückt machen lassen.«

Ist sie von ihrer eigenen Ansicht überzeugt? Er spürt eine wachsende Unruhe. »Du hast recht, wo sind wir unterbrochen worden?«, fragt er trotz seiner Bedenken. »Ach ja, du wolltest mir von deinem Mann berichten.«

»Das ist schnell erzählt. Zur Scheidung ist es nicht gekommen. Annika hat Bernd erstochen, als er auch auf sie losgegangen ist. Vor Schreck, behauptet sie. Mit dem Küchenmesser, das sie in der Hand hatte. Ich denke, sie hat es genossen, zumal sie Männer hasst.«

Ihm fehlen die Worte. Schweigen senkt sich über den Raum, als hätte man ihn in Watte gepackt.

Maria zieht ihr Holzfällerhemd wieder an. Es dauert, bis es ihr möglich ist, weiterzusprechen. »Als Annika klar wurde, in welche Lage sie sich gebracht hatte, verlangte sie von mir, ihr einen Brief zu schreiben, in dem ich gestehe, Bernd im Affekt niedergestochen zu haben, weil seine Folterungen unerträglich waren. Der Text sollte klingen, als könne ich nicht verarbeiten, solch schwere Schuld auf mich geladen zu haben.«

»Warum hast du dich darauf eingelassen?«

»Warum, warum? Warum macht man sowas? Du scheinst deine Frau nicht zu kennen. Sie hätte mich sonst angezeigt und mir die Tötung in die Schuhe geschoben.« Maria durchwühlt ihren Haaransatz mit den Fingerspitzen. »Annika hätte man keinen Grund nachweisen können, Bernd umgebracht zu haben. Bei mir liegt das Motiv dagegen auf der Hand, genauer gesagt auf der Haut.« Maria verschränkt ihre Arme vor der Brust. »Nach der Tat hat Annika telefoniert, das blutige Messer in eine Plastiktüte gesteckt und diese zugebunden. Als ein Auto auf den Hof kam, ist sie damit hinausgegangen. Eine Person ist ausgestiegen, mit Kapuze und Maske. Dem Körperbau nach zu urteilen eine Frau, vermutlich ihre Geliebte. Sie hat die Tüte im Kofferraum verschwinden lassen. Dann haben beide die Leiche in eine Folie gewickelt, sie hinausgetragen und ebenfalls in den Wagen gelegt.« Maria verzieht ihr Gesicht. »Annika ist zurückgekommen und hat mein Schuldeingeständnis mitgenommen. Ich habe ihr auch nachgegeben, weil ich keine Lust hatte, in die Rolle des nächsten Opfers zu schlüpfen.«

Sie deutet Richtung Hof. »Leider können wir jetzt nicht rausgehen. Ich habe rund um das Gebäude kleinere Kameras installiert, die nicht gleich auffallen. Die Mitschnitte habe ich sofort geprüft, nachdem Annika mit Bernds Leiche weggefahren war. Das Auto und Annika sind zu erkennen und das Nummernschild ist lesbar.«

»Ist Annika darüber informiert?«

»Nein, weshalb sollte ich ein Thema anschneiden, das sich von selbst erledigt hat? Ich könnte jederzeit Beweise für Annikas Täterschaft vorlegen. Keine Ahnung, wie sie reagieren würde, wenn sie von den Dokumentationen wüsste.«

Maria zupft an ihrem Pferdeschwanz herum. »Zurück zu dir. Ich habe mir geschworen, dir die Augen zu öffnen. Ohne meine Hilfe begreifst du nicht, was Annika dir antut.«

Matthias hat Schwierigkeiten, ihren Worten zu folgen. Die drei konturlosen Personen, die ihm vor einigen Minuten erschienen sind, tauchen vor seinem geistigen Auge auf. Dumpfe Angst fließt bis in die hintersten Winkel seines Körpers. Knallt er durch? Ist in den letzten Tagen zu viel auf ihn eingestürzt? Er wird einen Angsthemmer schlucken, sobald Maria abgelenkt ist.

Matthias versucht, sich zu konzentrieren, merkt nicht, dass er Maria anstarrt, als stamme sie vom Mond. »Entschuldige bitte, ich muss erstmal verdauen, was auf mich einstürzt.« Die formlosen Personen verschweigt er ihr; sie würde ihn auslachen. »Was meinst du damit, wenn du sagst, ohne deine Hilfe begreife ich nicht, was Annika mir antut. Gibt es mehr als BÖSES ENDE?«

»Annika ist ein skrupelloser Mensch, das hat sie bewiesen, als sie Bernd ohne zu zögern abgestochen hat. Heute zeigt sie sich uns gegenüber von ihrer üblen Seite. Und dich ermordet sie seit Langem, und du merkst es nicht.«

»Wie meinst du das?«

»Zeig mir deine Pillendose.«

»Woher weißt du davon?«

»Frag nicht, zeig sie mir.«

Widerwillig zieht Matthias die Dose aus der Hosentasche und drückt sie Maria in die Hand. Sie stürmt aus der Küche; er hört die Toilettenspülung.

Matthias eilt ihr nach, presst sie frontal gegen die Wand. »Knallst du durch? Ich brauche die Tabletten.«

Sie dreht sich unter seinem Druck mit dem Rücken zur Wand. »Möchtest du, dass ich dir helfe? Was glaubst du, wie viel Zeit ich in den Fall gesteckt habe? Zeit, die ich als Unternehmerin nicht habe? Nur deinetwegen! Zwar habe ich bei euch nie geputzt, sondern bloß das eine Mal so getan, als Annika mich wegen des Buchs angerufen hat und du anwesend warst. Selbst diese geringe Zeit musste ich von meiner knappen Freizeit abbuchen. Also, entweder traust du mir, oder du verschwindest. Denk daran: Es geht um dein Leben.«

»Okay, jetzt will ich´s genau wissen.«

»Erst lässt du von mir ab. Du tust mir weh. Oder wünschst du, dass ich mich gewaltsam befreie?«

Ein krachendes Geräusch schreckt sie auf. Fensterglas und ein Stein krachen auf den Flurboden.

Matthias gibt Maria frei. »Ich gehe raus und greife mir Annika.«

Sie hält ihn fest. »Was ist, wenn sie einen Helfer hat und darauf spekuliert, dass wir die Tür öffnen?«

»Du hast recht, das könnte eine Falle sein. Natürlich vertraue ich dir. Also klär mich über Annika auf.«

»Sie hat mir gestanden, dich gedrängt zu haben, Tabletten gegen deine Angststörungen zu nehmen, die auf negativen Erfahrungen in deiner Kindheit beruhen. Damals warst du ein Angsthase und hast dich vor Blitz und Donner in Schränke verkrochen. Du hast Annika vertraut. Die Chance hat sie gnadenlos genutzt, hat dir die schicke Pillendose geschenkt und ständig für Nachschub gesorgt. Besonders infam ist, dass sie dir Pillen gegeben hat, die Angst als Nebenwirkung auslösen!«

Matthias reibt seine Augen, um eine Träne zu vertuschen, die sich aus seinem rechten Augenwinkel löst. »Und wie ist BÖSES ENDE ins Spiel gekommen?«

»Annika war ernüchtert, weil du stärker gewesen bist als die Tabletten. Als sie mich kennengelernt hat und ich ihr vom Print-on-Demand-Verfahren erzählt habe, war sie begeistert und hat die Idee mit dem Buch entwickelt.«

»Warum hast du mitgespielt?«

»Ich habe zunächst keine Kenntnis von den Tabletten gehabt und das Buch für einen Spaß gehalten. Und mit den Männern hatte ich ebenfalls abgeschlossen. Als Annika mir von den Pillen berichtet hat, habe ich geschaltet. Das war für mich der Auslöser, dran zu bleiben. Angespornt weiterzumachen hat mich auch, dass sie mir mit einem gehässigen Blick gestanden hat, du wärst total in mich verknallt und deine Augen werden feucht, sobald mein Name fällt. Je häufiger Annika dich schlechtgeredet hat, desto mehr habe ich mir gewünscht, dich näher kennenzulernen. Auch, weil ich bei unserer ersten Begegnung das Gefühl hatte, dir trotz oder gerade wegen deines sonderbaren Auftretens vertrauen zu können. Du bist nicht in der Lage, dich zu verstellen, was ich an dir schätze.«

»Glaub nicht jeder Frau, die dir was flüstert«, meldet sich sein inneres Misstrauen. *»Und schon gar nicht unter solch unklaren Umständen.«*

Matthias gelingt es nicht, seine Gedanken zu ordnen. »Maria, das ist schwer zu verdauen. Ich kann nicht beurteilen, ob alles zutrifft, was du mir erzählst. Und ehrlich gesagt, vermag ich dich nicht einzuschätzen. Obwohl du anziehend auf mich wirkst, strahlst du etwas Beklemmendes aus, was ich nicht einordnen kann. Das hängt mit deinen Auftritten zusammen. Allein dein Auto, mit dem du als Reinigungskraft vorgefahren bist. Dann deine engen T-Shirts, als hättest du es darauf angelegt, mich in Annikas Auftrag zu einer Reaktion zu verleiten.« Er sieht sie an. »Vieles ist inzwischen geklärt, und trotz der bleibenden Unklarheiten vertraue ich dir.«

»Ich verstehe dich ja. Und du hast recht, ich sollte dich durch mein Outfit provozieren.«

»Verrätst du mir, wie du reagiert hättest, wenn ich auf dich angesprungen wäre?«

»Ich hätte es Annika verschwiegen und dir vorgeschlagen, mich erstmal in ein nobles Restaurant auszuführen.«

Matthias schaut sie empört an. »Also nichts außer Kosten.«

Sie boxt gegen seinen Arm. »Na hör mal. Was könnte aufregender sein, als ein ausgedehnter Abend mit mir bei einem opulenten Mahl?«

Er kratzt sich am Kopf. »Da war doch noch was?«

Maria lacht. »Behalt es besser für dich.«

»Dann erzähl mir wenigstens ein bisschen von dir, von deinem Leben, damit ich dich näher kennenlerne.«

Maria streicht sich eine Haarsträhne aus der Stirn, eine Geste, die Matthias oft an ihr beobachtet. »Ich habe Grafikdesign studiert und später die Druckerei von meinem Vater Johannes übernommen. Er ist vor zwei Jahren an einem Herzinfarkt gestorben, meine Mutter vor zehn Jahren bei einem Autounfall. Inzwischen bin ich fünfunddreißig und habe immer noch keinen Mann gefunden, bei dem ich das Gefühl habe, mich auf ihn verlassen zu können.«

»Was du sagst, betrifft nur die Vergangenheit.«

»Entschuldige mich bitte nochmal. Der Tee hat eine abführende Wirkung.«

»Keine Hektik.«

Matthias kämpft gegen seinen inneren Schweinehund an, rafft sich auf und geht in die Diele. Das metaphysische Licht taucht den Ort weiterhin in eine mystische Atmosphäre. Die Gegenstände haben jetzt schärfere Konturen. Die Personen sind ebenfalls deutlicher, wenn auch nicht klar zu erkennen. Eine der Gestalten könnte er selbst sein; die beiden anderen zerfließen dagegen stärker als zuvor. Identifizierbar ist nun eine Waffe, die eine der Figuren in der Hand hält. Ein langes Messer mit beidseitig geschliffener Klinge.

»Meine Diele scheint dich zu faszinieren.«

»Schau genau hin. Fällt dir nichts auf?«

Maria legt ihre Stirn in Falten. »Was ist los mit dir, Matthias? Was siehst du?«

»Ich habe in einer Version von BÖSES ENDE den Anfang der Schlussszene gelesen. Der Protagonist, der meinen Namen trägt, betritt einen großen Raum, in dem sich zwei Personen aufhalten. Eine von ihnen ist mit einem Messer bewaffnet. Exakt diese Szene spielt sich hier ab. Leider konnte ich nicht weiterlesen, weil die letzten Seiten herausgerissen waren. Ah, die Szene verblasst.«

Maria zieht einen Brotkrümel aus seinen Bart. »Lass mich raten: Die Szene hat dich beim Lesen verstört und sich in dein Hirn eingebrannt. Jetzt, da du in meiner Diele stehst, frei von Gedanken, die dich ablenken könnten, hat dir deine Erinnerung einen Streich gespielt. Ein Déjà-vu, weil dich das Gelesene nicht loslässt und du dir einbildest, dies wäre die Diele, die BÖSES ENDE schildert.«

»Was weißt du über das Buch und sein Finale?«

»Ich habe es nicht gelesen, bloß drin geblättert. Das Finale habe ich mir genauer angesehen; es ist nebulös und spielt in einer großräumigen Diele. Der Protagonist begegnet dort dem Tod. Wen der Sensenmann holt, kann ich dir nicht sagen.« Sie umarmt ihn. »Ich habe deine Angsthemmer weggeworfen und bin in deine Privatsphäre eingedrungen, ohne zu fragen, ob du einverstanden bist. Dennoch erachtete ich meine Aktion für angemessen, sehe mich aber auch in der Pflicht, die Angelegenheit gemeinsam mit dir zu bewältigen.«

Sie gehen in die Küche, wo sie sich trotzig an den Tisch setzen. Matthias lehnt sich in seinem Stuhl zurück. »Ich würde am liebsten hierbleiben.«

»Gern, dann fühle ich mich auch sicherer.«

»Erzähl mir von deinem jetzigen Leben.«

»Aufregendes gibt es nicht zu berichten. Ich bin immer noch kinderlos, obwohl ich mir sehnlichst ein Kind wünsche. Wie gesagt, halte ich mich fit, um mich verteidigen zu können. Ich bin Vegetarierin, trinke kaum Alkohol und rauche nicht.« Sie zupft an ihrem Holzfällerhemd. »Falls es sein muss, kleide ich mich gepflegter. Und bevor ich es vergesse: Jemand behauptet, ich strahle Beklemmendes aus.«

»Du hättest mich an der Waldbühne von diesem Eindruck befreien können. Stattdessen hast du mich untröstlich zurückgelassen. Unter den Nachwirkungen leide ich noch heute.«

»Trotz meiner bedrückenden Emissionen, durch die ich womöglich zur Steigerung deiner Ängste beigetragen habe?« Maria legt ihre rechte Hand auf seine linke. »Ich habe einen Riecher dafür gehabt, dass du mich wegen des Buchs verdächtigst, und wollte den Zeitpunkt für ein Gespräch nicht allein dir überlassen. Aber du hattest es ja nicht nötig, mich anzurufen.«

»*Sie lügt*«, meldet sich sein inneres Misstrauen. »*Bildest du dir ein, dass solch eine betörende Frau Interesse an einem Angsthasen zeigt, wie du einer bist? Sie lässt dich ein paar Mal ran, bis du ihr dein Anwesen überschrieben hast. Dann sticht sie dich ab wie ihren Mann. Du hast keinen Beweis für Annikas Täterschaft.*«

Maria räuspert sich. »Hörst du mir noch zu? Es tut mir leid, bei dem grotesken Spiel rund um das metaphysische Buch mitgemacht zu haben. Entschuldige bitte.«

Matthias winkt ab. »Du hast mich doch unterstützt.«

»Es ist nicht vorbei, Annika steckt voller Frust.«

»Warum hast du mich nicht früher vor diesem Monster gewarnt?«

Sie stemmt ihre Fäuste in die Hüften. »Hätte ich zu dir kommen sollen, als Putzfrau, wie du mich bezeichnet hast? Und hättest du mir zugehört, wenn ich Annika angeschwärzt hätte?« Maria verschiebt die Spange, die ihren Pferdeschwanz zusammenhält. »Wie gesagt, habe ich erst spät von den Tabletten erfahren. Der Gedanke, eine Notiz für dich mit meiner Adresse in deinem Büro zu hinterlassen, um dir klarzumachen, dass ich gern mit dir reden würde, war mir zu riskant. Und hättest du mir geglaubt, dass Annika mehr dem weiblichen Geschlecht zugeneigt ist, nachdem sie mehrmals mit Männern fremdgegangen war? Hast du nichts von alledem bemerkt?«

Matthias zuckt mit den Schultern. »Mir gegenüber hat sie sich wie immer verhalten, hat mir was vorgespielt. Schwamm drüber, das ist inzwischen unwichtig.«

Matthias hält seinen rechten Zeigefinger vor die Lippen. »War da ein Geräusch?«

»Ich habe nichts gehört.«

Seine Unsicherheit wächst; er reißt sich zusammen. »Was ich noch wissen möchte: Wie habt ihr euch überhaupt kennengelernt?«

»Nicht wie Annika es dir erzählt hat. Für einen Stand auf dem Hafenfest fehlen mir Zeit und Lust. Annika und ich sind uns in einem Lokal begegnet. Beide frustriert wegen unserer Männer, haben wir zuerst im Gespräch und später bei mir im Bett zueinandergefunden. Ich habe einen Ausgleich zu Bernds Brutalität gebraucht und hatte nichts mehr mit dem männlichen Geschlecht am Hut. Danach sind wir uns einig gewesen, Bernd und dir eins auszuwischen. Als Resultat unserer Pläne, dich betreffend, ist das metaphysische Buch entstanden. Auf Bernd bezogen, hatte Annika versprochen, mich bei meiner Scheidung zu unterstützen. Dazu ist es nicht gekommen, da er durch ihre Affekthandlung verblutet ist.«

»Weshalb bist du mit Annika ins Bett gestiegen? Du wusstest doch, dass sie eine Beziehung zu einer anderen Frau hatte, die sie sogar heiraten wollte?«

»Davon hatte ich zu der Zeit keine Ahnung; es wäre mir auch egal gewesen. Ich habe mich nach jemanden gesehnt, der mich in den Arm nimmt. Ihr wahres Gesicht hat sie später gezeigt. Obwohl ich nie von ihr verlangt habe, Bernd zu töten, hat sie von mir eine Gegenleistung gefordert. Ich sollte dich, wie in der letzten Buchversion beschrieben, in mein Bett locken und dir einen vergifteten Drink servieren. Nicht, um dich zu töten, sondern um dir schwere körperliche Schäden zuzufügen, die dich einem Suizid näherbringen. Da du mir vertrauen würdest, könnte ich Spaß mit dir haben, ohne geschwängert zu werden, weil du dich hast sterilisieren lassen.«

»Die Sterilisation ist eine Lüge.« Matthias kräuselt seine Stirn. »Warum hast du ihr den Gefallen nicht getan, mich zu vergiften?«

»Obwohl ich in meiner männerverachtenden Phase war, habe ich´s nicht übers Herz gebracht, da du eher ein harmloser Typ bist.«

Er zieht seine Augenbrauen zusammen. »Harmlos?«

»Einigen wir uns auf sanft?«

»Damit kann ich leben.« Matthias sieht wieder die Szene vor sich, in der drei Personen in der Diele aufeinandertreffen. Ist es eine Prophezeiung? Es gelingt ihm, das Bild zu verdrängen. »Zurück zu Annika: Sie kannte deinen Kinderwunsch, hat gemerkt, dass ich in dich verknallt bin und wollte durch ihre Lüge einer möglichen Beziehung entgegenwirken.«

»Soso, du bist noch in mich verknallt.« Sie senkt ihren Blick, als er rot anläuft. »Es muss dir nicht peinlich sein, es mir bisher nicht persönlich gestanden zu haben. Du konntest es schon bei unserem ersten Treffen nicht verbergen und kannst es offenkundig auch heute nicht.«

»Und du?«

»Was und du?«

»Bist du in mich verknallt oder fühlst du dich verpflichtet, dich um mich zu kümmern?«

»Finde es heraus.«

Matthias befürchtet, die Chance, die sich ihm unerwartet bietet, zu vermasseln. Er löst Marias Pferdeschwanz und verteilt die Locken über ihre Schultern. Sie lässt es zu. Sanft fährt er mit seiner Zunge an ihren Lippen entlang, bis Maria nachgibt und sie öffnet. Als ihre Zungen zueinanderfinden, kommt es Matthias vor, er wäre an einem Ziel angelangt, das er wegen seiner Selbstzweifel im Unterbewusstsein vergraben hatte.

Er wagt sich weiter vor, aber sie entzieht sich. »Nicht jetzt! Ich müsste in den Betrieb, weil wir zurzeit Überstunden schieben. Aufgrund der Lage erledige ich das heute telefonisch.«

Marias Handy klingelt. Sie schaltet wieder die Lautsprecherfunktion ein.

»Erfüllst du Matthias jeden Wunsch?«, fragt Annika.

»Du nervst.« Maria schüttelt den Kopf. »Ich kläre Matthias gerade über deinen fiesen Charakter auf. «

»Reich ihm mal dein Handy, seins ist ausgeschaltet.«

»Nein!«

»Was nein, darf er nicht mit mir reden?«

»Du hast es erfasst.«

Annika schnauft. »Du begibst dich auf dünnes Eis, Maria. Mit Verrat verhält es sich wie mit Tabletten: Es besteht die Gefahr von tödlichen Nebenwirkungen.« Annika bricht die Verbindung ab.

Marias Gesicht rötet sich vor Zorn. Sie wählt die Nummer ihres Betriebs, spricht mit einem Mitarbeiter und erteilt Anweisungen.

»Wie kannst du so resolut und zielführend arbeiten, egal was passiert?«, fragt Matthias.

»Ich habe gern alles im Griff. Glaub nicht, dass diese Situation an mir abprallt.«

»Wäre es nicht besser, die Polizei zu rufen oder im Betrieb Bescheid zu sagen, was hier läuft?«

»Annika wird nicht schießen, sonst hätte sie es schon getan. Wir sollten aber aufmerksam bleiben. Abgesehen davon habe ich keine Lust, mein Team mit reinzuziehen. Welchen Eindruck sollen die von mir bekommen? Und mit der Polizei möchte ich auch nicht reden; die brächten das Gespräch wieder auf meinen verschollenen Mann.«

Matthias winkt ab. »Ich denke, sie wird schon deshalb nicht schießen, weil sie mich nicht versehentlich treffen will. Zumal es dann mit ihrer Hoffnung auf meinen Suizid vorbei wäre. Aber was ist mit den Fenstern, könnte Annika die von außen öffnen?«

»Nein, die sind alle abgeschlossen. Wollte sie einsteigen, müsste sie die Scheiben komplett einschlagen. Das würden wir genauso hören wie einen Steinwurf.«

Maria geht zu den Flurfenstern und zieht die noch offenen Vorhänge zu. Danach hakt sie sich bei ihm ein. »Wir gehen nach oben. Da trifft Annika, falls sie doch schießen sollte, nur die Zimmerdecken.«

Die Holztreppe ins Obergeschoss knarrt, als wolle sie ihr Leben aushauchen. Die Geräusche des Gebäudes, ein Knacken und Kratzen in den historischen Balken, kommen ihm hier gruselig vor.

Maria deutet auf eine Tür. »Dort findest du die Dusche. Leg deine Klamotten einfach auf den Stuhl.«

Das warme Wasser weckt seine Lebensgeister. Matthias tritt aus der Dusche und schreckt zusammen, als die Klinke heruntergedrückt wird.

Maria reicht ihm das Handtuch, das sie mitgebracht hat und mustert ihn frech. »Soll ich mich umdrehen?«

»Zu spät.« Vergeblich versucht er, seine Gefühle für Maria und seine sich anbahnende Erektion zu blockieren.

Sie betrachtet das Schauspiel. »Schade, dass ich was Beklemmendes ausstrahle; ich hätte dich gern mit ins Bett genommen. Du erinnerst dich: K.-o.-Tropfen, Kissen, ersticken.«

»Von dir geht eher was Erregendes aus, wie du siehst. Daher schiebe ich alle Bedenken beiseite. Nutze deine Chance.«

»Das Schlafzimmer ist nebenan. Du findest dort alles, was du brauchst, es sei denn, du wünschst einen Schlafanzug. Ich dusche auch und bin gleich bei dir.«

Matthias schaut sich im Schlafzimmer um. Ein schmales Doppelbett, knapp ausreichend für zwei Personen, beansprucht den größten Teil des Raums. Neben einem eingebauten Kleiderschrank und einem Sideboard fällt ihm ein Schminktisch mit Spiegel ins Auge, auf dem eine Champagnerflasche in einem Sektkühler darauf wartet, geöffnet zu werden.

Matthias hört, wie Maria die Zimmertür verschließt und hinter ihn tritt. Sie hat ein Handtuch um ihren Körper gewickelt. »Machst du bitte den Champagner auf? Kein Wort mehr über das, was wir heute erlebt und besprochen haben. Es ist Entspannung angesagt.«

Matthias öffnet die Flasche, begleitet von einem anregenden Kribbeln auf der Haut, als Maria, die ihr Handtuch fallenlässt, ihn umarmt. Er füllt zwei Gläser.

»Schau mich an«, haucht sie ihm ins Ohr.

Ein Wunsch, dem Matthias sich gern fügt. Er dreht sich um und reicht ihr ein Glas, an dem sie nippt, bevor sie es diesmal ist, deren Zunge sich zuerst vorwagt. Matthias genießt die Situation, obwohl es ihn wurmt, ihr die Initiative überlassen zu haben.

»Sie lässt dich ein paar Mal ran, bis du alles glaubst, was sie dir flüstert. Bis du vor Glück nicht fassen kannst, dass sie vorhat, dich zu erstechen, oder doch wie Annika es vorgeschlagen hat, dich zu vergiften.«

»Woher willst du das wissen?«

»Mit wem sprichst du?«, fragt Maria. »Hältst du Selbstgespräche?«

Matthias weicht die Farbe aus dem Gesicht. »Nein, ich kommuniziere mit meinem inneren Misstrauen.«

»Du hast ein Zweites Ich?«

»So würde ich es nicht nennen. Es ist ein Relikt, das mir meine Angststörungen hinterlassen haben.«

»Und vor welcher Gefahr warnt es dich jetzt.«

»Nimm´s nicht persönlich. Mein Misstrauen warnt mich vor jeder Person, die es nicht kennt.«

»Dann sollte es mich kennenlernen, ehe es uns den Abend vermasselt.«

***

Matthias lauscht, eng umschlungen mit Maria, ihrem dezenten, zufriedenen Schnarchen. Er beneidet sie, weil sie es schafft, sich nach dem aufregenden Tag völlig zu entspannen.

Ein Geräusch lässt ihn zusammenzucken. Maria wacht auf; er hält ihr den Mund zu. »Da war was. Ich schaue nach. Schließ die Tür hinter mir ab.«

Sie reibt sich die Augen. »Das ist meine Sache.«

Matthias wartet nicht, bis Maria aus dem Bett steigt.

»Zieh dir wenigstens was über, unten es ist kalt.«

Er hört nicht auf sie, seine Klamotten liegen ohnehin im Bad.

Matthias schaltet das Licht im Flur, über der Treppe und in der breiten Diele des Erdgeschosses ein, in der ein gewölbtes Tuch an der Eingangstür liegt. Er läuft hinunter und reißt den Stoff weg.

Zwei tote Raben! Und BÖSES ENDE!

Den Vögeln hängen Namensschilder am Hals, beschriftet Maria und Matthias. Er drückt die Klinke der Haustür, sie ist abgeschlossen.

Ein Schrei lenkt ihn ab. Maria lehnt oben am Treppengeländer, hält sich eine Hand vor den Mund und versucht mit der anderen, ihren Morgenmantel zuzuknöpfen.

Er schaut zu ihr hoch. »Der Schlüssel steckt, wie besprochen, von innen im Türschloss. Hier stimmt was nicht. Ich schaue auch hinten nach.«

Matthias geht in die Küche zur Terrassentür. Bleich im Gesicht kehrt er zurück. »Sofern keine unbekannte Person eingedrungen ist, muss Annika im Haus sein.«

»Nicht nur das.« Maria klingt schrill. »Sie ist seit gestern hier und hat mich aus meinen eigenen vier Wänden angerufen.«

Matthias wählt Annikas Handynummer. »Das kläre ich sofort.«

Es klingelt im Obergeschoss. Er findet ein billiges Handy unter dem Doppelbett. »Das ist nicht ihr Smartphone. Sie hat ihre Nummer darauf umgeleitet.«

»Das macht nur Sinn, wenn sie uns irreführen will«, sagt Maria. »Sie könnte durch ein Fenster getürmt sein.«

Matthias schlüpft in seine Klamotten, bevor er wieder die knarrende Treppe hinuntergeht und den Raum kontrolliert, in dem Annika und Maria bei seinem ersten Besuch auf der Chaiselongue gelegen haben. »Wir haben die Lösung. Sie hat das Fenster geöffnet und sich von der Fensterbank auf die Kiste runtergelassen.«

»Das kann ein Trick sein. Aufmachen und im Haus verstecken. Bequemer geht's nicht. Zumal sie weiß, wo der Schlüssel zu diesem Fenster liegt.«

Matthias hebt BÖSES ENDE vom Boden auf und stößt auf eine Passage, in der das Buch bezogen auf die Raben verspricht, dass ihren Namensgebern ein ähnlicher Abschied droht.

Maria überprüft das Buch. »Das haben wir nicht gedruckt; allein schon wegen der Qualität hätte ich nicht mitgespielt. Annika hat die Konkurrenz beauftragt, wie bei der letzten Version.«

»Wer druckt ihr denn nachts ein Buch?«

»Sie hat von langer Hand geplant und die zwei Varianten vorher drucken lassen.«

Matthias umarmt Maria. »Hast du irgendwas, mit dem wir uns verteidigen können?«

Sie holt aus dem Schlafzimmer eine Dose Pfefferspray. »Was anderes kann ich nicht bieten. Wir untersuchen jedes Zimmer gründlich, einschließlich des Dachbodens.«

»Ich gehe hinein und du achtest auf Bewegungen im Flur und Treppenhaus.«

»Danke, mein Held. Aber sollte uns Annika mit ihrem Gewehr gegenübertreten, wären wir ihr beide ausgeliefert, egal wer die Zimmer inspiziert.«

Maria drückt die Klinke des ersten Raums, den sie durchsuchen möchte, verharrt und dreht sich zu Matthias um. »Warum hat uns Annika nicht getötet? Eine bessere Gelegenheit bekommt sie nie wieder.«

»Sie kann nicht wissen, dass du die Pillen in die Toilette geworfen hast und versuchst, mich von meinen Ängsten zu befreien. Darum plant sie nach wie vor, meine negativen Stimmungen weiter zu schüren. Annika gibt die Hoffnung auf einen Selbstmord meinerseits nicht auf, zumal sie keine Alternative hat, wenn sie mich beerben will.« Er zögert kurz. »Maria, es tut mir leid, dir das sagen zu müssen, aber ich rechne damit, dass sie vorhat, dich zu töten. Zum einen als Rache, weil du nicht geholfen hast, mich mit dem krankmachenden Präparat zu vergiften. Zum anderen darauf hoffend, ich würde an deinem Tod verzweifeln und einen Suizid als letzten Ausweg wählen.«

ZWÖLF

»Ich suche Annika und stelle sie zur Rede. Die schwarzen Vögel entsorge ich unterwegs. Hast du ein Paar Arbeitshandschuhe für mich, ich möchte die Raben nicht mit bloßen Händen anfassen?«

Maria holt Handschuhe aus einem Abstellraum und schneidet die Namensschilder von den Vögeln ab. Matthias steckt die Raben in einen Plastikbeutel.

Sie packt ihn fest am Arm. »Erst wird gefrühstückt. Du fährst, wenn es hell ist.«

Er reibt sich den Arm. »Heute Nacht warst du zärtlicher.«

Sie küsst ihn auf die Wange. »Ich handle zielgerichtet. Komm mit, Hände waschen und Frühstück bereiten.«

»Isst du morgens immer so üppig?« Matthias kocht Kaffee und beobachtet Maria, die Rührei mit Champignons vorbereitet.

Sie stellt ihre zwei Küchenstühle gegenüber an den Tisch. »Such dir einen Platz aus.«

»Sollten wir es wagen, uns hier zu setzen? Annika könnte draußen herumlungern.«

»Dort dürfte es ihr zu frisch sein. Außerdem bleiben die Vorhänge zu.« Maria tischt auf und gießt Kaffee ein. »Guten Appetit.«

»Danke, dir auch.«

Sie essen schweigend, tief in Gedanken versunken. Es ist Matthias, der die Stille nicht mehr aushält. »Was wird aus unserer Beziehung?«

»Ist das Wort nicht übertrieben, nachdem wir eine halbe Nacht zusammen im Bett waren?« Sie schaut ihn an. »Guck nicht so bedröppelt. Trotz unseres unverkrampften Umgangs miteinander, den ich sehr genieße, muss ich fürsorglich handeln. Ich leite ein Unternehmen und trage Verantwortung für meine Mitarbeiter und deren Familien. Deshalb könnte ich mir eine Zukunft mit dir nur vorstellen, wenn du mir in wichtigen Punkten entgegenkämst.«

Sie holt Nachschub an Käse und Marmelade aus dem Kühlschrank. »Ich möchte ein Kind und du müsstest zu mir ziehen, um mir im Betrieb und im Haushalt zu helfen. Das heißt auch, du gibst deinen Lehrerjob auf und verkaufst oder vermietest dein Anwesen. Steckst du dein Geld in meinen Betrieb, wärst du gleichberechtigter geschäftsführender Gesellschafter. Du kannst damit aber machen, was du willst. Lass dir Zeit.«

»Ich habe ebenfalls einen Wunsch. Obwohl sich meine Angststörungen dank deiner Unterstützung auflösen, würde ich dein Anwesen, allein des Kindes wegen, gern komplett einzäunen. Zur Straße hin mit einem hochwertigen Metallzaun und an den anderen Seiten sowie um das Betriebsgebäude herum durch einen Industriezaun. Schön wäre es auch, die Fenster im Erdgeschoss durch gebogene Gitter zu sichern und sie mit Pflanzen zu schmücken, um eine ansprechende Atmosphäre zu schaffen. Das zahle ich von meinem Geld, den Rest stecke ich in dein Unternehmen.«

Maria setzt sich auf seinen Schoß. »Ich wollte dir bereits vorschlagen, das Grundstück einzuzäunen. Nach den Erfahrungen, die wir sammeln, fällt mir kein Argument ein, das dagegenspricht.«

Matthias leckt Marmelade aus ihren Mundwinkeln. »Bevor ich fahre, bringe ich dich in den Betrieb, dort sind alle Fenster vergittert. Oder hat Annika auch dafür einen Schlüssel?«

»Nein, es sei denn, sie hat ihn mir aus der Hosentasche geklaut, während wir im Bett waren.« Maria kontrolliert ihre Taschen. »Ah, ich habe den Schlüssel.«

»Hast du Rollläden in deinem Office?«

»Ja, im gesamten Unternehmen. Warum fragst du?«

»Wie gesagt, Annika will dich. Lass die Rollläden runter. Sie könnte jederzeit auf dich schießen, auch auf dem Weg zu deinem Büro.«

***

Auf den Straßen hängen Nebelbänke. Matthias, dessen Wagen Annika trotz ihrer Drohung verschont hat, gleicht seine Fahrweise den Sichtverhältnissen an, obwohl ihm die Zeit unter den Nägeln brennt. Er kann es nicht abwarten, Annika zur Rede zu stellen. Unterwegs wirft er die Rabenkadaver in einen Graben.

Als sich die Konturen seines Anwesens aus dem Nebel schälen, betätigt er die Fernbedienung der Garage. Der Öffnungsmechanismus reagiert nicht. Matthias parkt den Wagen am Zaun und steigt aus. Sein Schlüssel passt zwar, aber die Eingabe des Türcodes löst keine Reaktion aus.

Mit dem Rücken zum Zaun, als könne ihn dieser beschützen, starrt er auf die Nebelschwaden, die unbeeindruckt Präsenz zeigen, als wollten sie ihn erdrücken. Ein Rascheln im Laub schreckt ihn auf. Ein Tier, das in den herbstlichen Blättern wühlt?

Annika muss es gelungen sein, sein Schließfach zu öffnen, andernfalls wäre sie nicht an die Codes gekommen. Empört schlägt er mit der Hand auf die Klinke. Die Tür springt auf. Sein Anwesen ist schutzlos für jedermann zugänglich.

Matthias betritt sein Grundstück, obwohl der Nebel verschleiert, was um ihn herum geschieht. Früher hätte ihn Angst gepackt. Heute nehmen Zorn und Hass ihren Platz ein.

Ohne zu zögern, und mit Wut im Bauch, öffnet er die Eingangstür seines Hauses, die ebenfalls unverschlossen ist. Er tritt über die Schwelle und drückt den Lichtschalter. Nichts passiert. Ist der Strom ausgefallen oder hat Annika die Sicherungen ausgeschaltet, nachdem sie die Codes gelöscht hatte?

Sein Smartphone läutet. Maria klingt gehetzt. »Wo steckst du, ist alles okay?«

»Ich stehe im Flur, nichts ist abgeschlossen und das Licht lässt sich nicht einschalten.«

»Geh nicht weiter rein, versprich es, Annika könnte dir auflauern. Wie du weißt, besitzt sie ein Gewehr.«

»Ich habe keine Angst. Im Übrigen waren wir uns einig, dass ich wegen ihrer Hoffnung auf meinen Suizid von einem gewissen Schutz profitiere.«

»Aber ich habe Angst, und du solltest dir einen Rest davon bewahren. Komm bitte sofort zurück, Annika könnte auch hier wieder auftauchen. Ich möchte nicht ewig im Betrieb hocken, und mein Pfefferspray nutzt wenig gegen eine Schusswaffe.«

DREIZEHN

Maria hält eine Hand vor ihren Mund und gähnt ausgiebig. »Wie gehen wir heute vor? Wenn du unterwegs bist, um Schlösser zu kaufen, und ich im Betrieb zu tun habe, wäre das Haus unbewacht und Annika könnte hier wie bisher ein und aus spazieren.«

»Ich schlage vor, du gehst in dein Büro und gibst Anweisungen. Danach schließt du dich hier ein, während ich im Ort Schlösser besorge und einbaue. Das Gleiche veranstalte ich auf meinem Grundstück, wo ich zusätzlich neue Codes eingebe.«

Er zögert kurz. »Ich wollte dich noch was fragen, das muss aber nicht jetzt sein.«

»Komm mir nicht mit nebulösen Andeutungen.«

»Ich würde gern erfahren, wie du glatt aus der Sache mit Bernd beziehungsweise seinem Verschwinden rausgekommen bist. Sind die Bullen nicht hier gewesen?«

Maria schaut ihm in die Augen, ohne zu antworten.

Matthias räuspert sich. »Mir ist egal, was geschehen ist. Ich bin allerdings der Meinung, es sollte kein Geheimnis zwischen uns geben.«

»Ich habe die Polizei drei Tage später informiert. Mein Abwarten habe ich damit begründet, dass er öfters länger weggeblieben ist.«

»Hat die Spurensicherung kein Blut gefunden? Es gelingt doch nie, Blut hundertprozentig zu entfernen.«

Über Marias Gesicht huscht ein Lächeln. »Da die Bodenfliesen in der Küche unmodern sind, hatte ich einen Linoleumboden darauf gelegt, der in einem Stück zugeschnitten war. Ich habe das Blut grob weggewischt, den Rest trocknen lassen, den Boden zusammengerollt, ihn auf dem Hof zerschnitten und in der Mülltonne zusammen mit dem Feudel entsorgt, ehe die Polizei gekommen ist.«

Matthias steht auf. »Komm mit ins Bett. Eine halbe Stunde brächte uns auf andere Gedanken.«

»Bevor hier nicht die Schlösser getauscht sind, läuft nichts mehr zwischen uns.« Sie drückt ihm einen Kuss auf den Mund. »Könntest du bitte, wenn du alle Verschlüsse ausgewechselt hast, meinen Schuldbrief suchen? Zieh aber, ehe du losfährst, den Reißverschluss deiner Hose hoch.«

»Den habe ich offengelassen, um dir den Eingriff zu erleichtern.«

Maria dreht sich um, damit er ihr Grinsen nicht sieht, und geht in den Betrieb.

* * *

Matthias hat die Schlösser der Vordertür und Terrassentür in Marias Haus ausgetauscht und von innen verschließbare Panzerriegel angebracht. Bevor er zu seinem Anwesen aufgebrochen ist, hat er sicherheitshalber erneut alle Zimmer durchsucht. Mit einer Dose Pfefferspray im Gepäck plant er, Marias Schuldbrief und seinen Teaser aus dem Haus zu holen.

Vor dem Grundstück angekommen, wartet er zehn Minuten im Auto, um zu sehen, ob sich was rührt. Da er keine Reaktion auslöst, steigt er aus. Die Außentür und die Haustür sind wieder durch den Code gesichert, den Matthias eingegeben hat. Annika musste nicht einmal sein Schließfach knacken.

Er lauscht auf die Geräusche des Gebäudes, nimmt aber nichts wahr, was ihn ängstigt.

»Annika!« Sein Ruf zerreißt die Stille und lässt ihn selbst zusammenzucken. Niemand reagiert auf ihn.

In Annikas Arbeitszimmer sucht er nach dem Schuldbrief. Da die Sicherungen eingeschaltet sind, rechnet er damit, auf Annika zu treffen. Hastig lässt er den Rechner hochfahren. Welche Geheimnisse versteckt sie auf dem PC? Matthias ist enttäuscht, als er aufgefordert wird, das Passwort einzugeben. Er probiert es mit naheliegenden Begriffen und Zahlenkombinationen, ohne Erfolg. Auch der Brief bleibt unauffindbar.

Im Schlafzimmer zieht er die Schublade seines Nachtschranks auf; der Teaser ist verschwunden.

Auf Annika trifft er in der Küche, wo sie am Tisch sitzt und ein Gewehr auf ihn richtet.

»Na lieber Matthias, wie läuft es mit Maria? Hat sie dir gestanden, ihren Mann umgebracht zu haben? Und dass sie es auf unser Haus und Grundstück abgesehen hat, weil ihre Druckerei nicht genug abwirft?«

Matthias quält sich ein Lächeln ins Gesicht. »Verlass mein Anwesen. Ich möchte neue Schlösser einbauen.«

»Willst du mich rausschmeißen?«

»Kommt drauf an, wie viel Miete du akzeptierst.«

Annika entsichert ihr Gewehr. »Setz dich. Glückwunsch, wohin hast du denn das Angsthäschen vertrieben, das in deinem Herzchen gewohnt hat?« Sie sieht ihn verächtlich an. »Du solltest mich fragen, was ich mit dem Gewehr vorhabe. Da wir uns lange kennen, verrate ich es dir ungefragt. Du unterschreibst den Brief, den ich dir vorlege, durch den du mir Grundstück und Haus schenkst.«

Matthias steht auf. Annika hebt den Lauf des Gewehrs. »Hinsetzen, ich habe was für dich.« Ihn im Auge behaltend, zieht sie eine Tischschublade auf und holt einen Umschlag hervor. »Lies dir das Schreiben in Ruhe durch. Es ist eine Kopie von Marias Geständnis, ihren Mann abgestochen zu haben.«

Matthias greift nach dem Kuvert, Annika hält es mit einer Hand fest. »Nicht so fix. Prüfe den Inhalt auf der Heimfahrt und beruhige dich wieder, bevor du Maria darauf ansprichst. Ach, fast hätte ich´s vergessen.« Sie fasst noch einmal in die Schublade, aus der sie ein Buch hervorholt.

BÖSES ENDE

»Lieber Matthias, die Story nähert sich langsam seinem bösen Ende, wie es der Buchtitel verspricht.« Als er versucht, das Buch aufzuschlagen, hält sie eine Hand drauf. »Das ist ebenfalls Lektüre für unterwegs. Ich will nicht mit dir über die neuen Textpassagen diskutieren. Ach übrigens, letztens habe ich in einem Café eine junge Frau kennengelernt. In unserem Gespräch hat sich herausgestellt, dass sie eine Digitaldruckerei betreibt. Ein Déjà-vu! Ich habe sie gebeten, mir ein Buch zu drucken, egal aus welchem Genre, und habe ihr den Titel und den Autorennamen vorgegeben. Abgesehen davon sollte sie, beginnend auf Seite 110, eine Szene mit authentischen Dialogen einfügen, die ein Paar, das nicht voneinander lassen kann, beim Sex führt.« Annika deutet auf ihren Schreibtisch. »Leg die neuen Schlösser hin und verabschiede dich.«

***

Matthias zwingt sich, das Buch nicht gleich im Auto aufzuschlagen. Solch eine Genugtuung gönnt er Annika nicht, die ihn aus einem Fenster beobachten dürfte. Auch den Umschlag legt er aus der Hand.

Erst einmal ist er zufrieden, weil Annika bei seinem Abschied vergessen hat, ihn den Schenkungsvertrag unterschreiben zu lassen. Sie ist wohl zu verblüfft gewesen, die Schlösser widerstandslos erhalten zu haben.

Unterwegs zwingt ihn seine Neugierde zu einem Stopp. Die Textpassage, die er auf Seite 110 findet, entflammt in ihm eine Welle stärkster Wut. Alles, was

Maria und er in der Nacht getan und gesprochen haben, stimmt exakt mit dem überein, was er gedruckt vor sich sieht. Aufschreckend ist auch eine Passage, in der behauptet wird, dass in Marias Schlafzimmer Abhörgeräte versteckt sind.

Das Klingeln seines Smartphones reißt ihn aus seinen Überlegungen. »Wo bleibst du denn, Matthias? Ist was passiert?«

»Maria, wo bist du?«

»Im Büro.«

»Annika ist auf meinem Anwesen. Sie hat wohl in deinem Haus Abhöranlagen installiert. Ich bin gleich bei dir.«

***

»Das Buch stammt, wie die beiden letzten Bücher, nicht aus meiner Druckerei. Solch ein minderwertiges Papier verwenden wir nicht.« Sie schlägt mit der Faust auf ihren Schreibtisch. »Ich bin nicht prüde, lege aber verdammt noch mal Wert auf eine geschützte Intimsphäre. Natürlich gibt es Notfälle, wie du einen erleben durftest, um jemanden die Richtung zu weisen.« Sie greift Matthias' rechte Hand. »Annikas Aktion verlangt nach einer klaren Antwort. Notfalls entfernen wir sie aus dieser Welt.«

Matthias wirft ihr einen ungläubigen Blick zu. »Du willst sie töten?«

»Auf Anhieb fällt mir keine bessere Lösung ein.« Maria packt ihn wieder derart fest an den Armen, dass er meint, in einen Schraubstock geraten zu sein. »Annika hat rote Linien überschritten. Das ist nicht hinnehmbar. Und du, Matthias, stehst du zu mir, egal was passiert?«

»Fragst du das ernsthaft?«

Marias PC meldet die Ankunft einer Mail. Sie öffnet die Nachricht. »Matthias, sieh dir das an. Annika behauptet, du hättest dich heute Vormittag von ihr verführen lassen und überlegst, zu ihr zurückzukehren.«

»Schlag ihr vor, sie möge sich an einen Psychiater wenden. Mit besten Grüßen von mir. Annika will uns auseinanderbringen, das erlaube ich nicht.« Er küsst Maria auf den Hals. »Bitte zaubere ein Lächeln in dein Gesicht.«

Ihr Versuch misslingt, endet in einer schrägen Grimasse. »Wie wirst du gegen Annika vorgehen?«

»Ich beauftrage einen Anwalt, die Scheidung einzureichen und Annika auszurichten, sie habe mein Anwesen zu verlassen. Und ich zeige sie an, weil sie mich mit einem Gewehr bedroht hat.« Matthias räuspert sich. »Aber noch einmal: Wieso hast du gefragt, ob ich zu dir stehe, egal was passiert?«

»Mensch Matthias, bring mich nicht in Rage. Es geht weder um Vertrauen noch um unsere gemeinsame Zukunft, sondern darum, ob du zu mir hältst, was immer ich anrichte.«

»Na klar, warum zweifelst du daran? Ich habe dir viel zu verdanken.« Matthias wendet sich zur Tür. »Ich suche im Schlafzimmer nach Abhöranlagen. Darf ich in alle Schubladen gucken oder gibt es Tabuzonen?«

»Ich habe nichts vor dir zu verbergen. Finde die Geräte, sonst kriege ich in der Nacht kein Auge zu.«

Matthias entdeckt ein Babyfon, über das Annika die Gespräche und Geräusche abgehört haben könnte, um sie außerhalb des Zimmers mit einem anderen Gerät aufzuzeichnen oder sich Notizen zu machen. Offen bleibt die Frage, ob damit sämtliche Abhöranlagen im Haus beseitigt sind.

VIERZEHN

»Annika war hier. Hast du ihr gestern nicht klargemacht, dass sie sich von uns fernhalten soll?« Maria ist bleich im Gesicht, als hätte sie einen Geist getroffen. »Da sie mit ihrem Schlüssel nicht mehr ins Wohnhaus kommt, ist sie im Betrieb aufgetaucht. Ich habe meinen Mitarbeitern ein Zeichen gegeben, mein Büro im Auge zu behalten. Das klappt, seitdem hier ein Kunde handgreiflich werden wollte.«

»Weshalb ist Annika gekommen?«

»Um mir die Pest an den Hals zu wünschen. Sie behauptet, ich hätte dich in eine sexuelle Abhängigkeit gevögelt, um dich anstacheln zu können, die Scheidung einzureichen.« Maria macht den Scheibenwischer. »Dann hat sie gedroht, mein Schuldeingeständnis an die Polizei weiterzuleiten. Als ich ihr Bilder vom Abtransport der Leiche gezeigt und ihr verdeutlicht habe, dass es sich um Kopien handelt und ich die Filme und Fotos an einem sicheren Ort aufbewahre, hat sie eingelenkt.«

Matthias kocht Tee. »Gönn dir eine Pause, Maria.«

»Ich kann nicht entspannen, aber danke für den Tee.« Sie nippt an der Tasse. »Mit einem Mal hat Annika eine Kehrtwende vollzogen und mir einen Heiratsantrag gemacht. Ich habe sie ausgelacht. Daraufhin hat sie ein Messer gezogen und ist auf mich losgegangen. Ihr Pech, dass ich Kampfsport betreibe. Es ist mir gelungen, sie kampfunfähig zu machen, ohne dass die Mitarbeiter eingreifen mussten.«

»Hat sie sich danach verzogen?«

»Ja, mit dem Versprechen, uns bald in der Hölle zu treffen. Sie könne es nicht abwarten. Annika ist völlig neben der Spur.«

Maria reicht Matthias ein Buch. »Sie hat eine neue Version von BÖSES ENDE hiergelassen. Darin kündigt sie an, ins Moor zu gehen.«

»Annika macht auf wichtig. Keine Ahnung, ob es im Teufelsmoor noch Moorlöcher gibt, in die man einsinken kann. Und wenn, zieht sie das Moor nicht nach unten. Sollte es ihr nicht möglich sein, sich zu befreien, würde Sie schlimmstenfalls an Unterkühlung sterben.« Matthias legt das Buch auf den Tisch. »Ich denke, sie sinnt auf Rache und kreuzt hier wieder auf.«

Ohne Vorwarnung überfällt ihn vor seinem inneren Auge erneut die Szene mit den drei verschwommenen Personen, die in einer großräumigen Diele auftreten. Er schafft es nicht, das Geschehen auszublenden.

FÜNFZEHN

Matthias sitzt im Chefbüro der Digitaldruckerei Johannes Voigt und lässt seine ersten Wochen als Marias Lebenspartner Revue passieren. Es ist eine traumhafte, intensive Zeit gewesen.

Obwohl sie ihre Hochzeit verschieben mussten, weil er noch mit Annika verheiratet ist, die als vermisst gilt und bisher nicht für tot erklärt werden konnte, treten sie nach außen als Ehepaar auf. Maria hat ihm nahegelegt, im Geschäftsleben ihren Nachnamen anzunehmen. Sie möchte Verwirrungen vorbeugen; und das Kind, das sie erwartet, soll den Namen Voigt tragen.

Matthias hat seine Stelle als Lehrer gekündigt, sein Anwesen verkauft und das Geld in den Betrieb und die vereinbarten Sicherheitseinrichtungen gesteckt. Als Mitinhaber der Druckerei und nach einer ausführlichen Einarbeitung leiten Maria und er die Geschäfte offiziell gemeinsam. Er gibt ihr aber freie Hand, zumal ihm detailliertere Erfahrungen im Druckereigewerbe fehlen.

Inzwischen hat sich Matthias an das Knarren im Gebälk und an die seltsamen Geräusche gewöhnt, die, wie Maria ihm weiszumachen versucht, von den Geistern der Toten stammen, die hier gelebt haben und nachts vom Friedhof vorbeischauen.

Obwohl sie ihre Behauptung mit einem Augenzwinkern verbindet, beschleichen ihn weiter finstere Gedanken, wenn er aus dem Schlafzimmer auf den weißen Engel schaut, den das Mondlicht aus seinem Umfeld hervorhebt. Jagen Wolken vorbei, nervt ihn obendrein der permanente Wechsel zwischen hell und dunkel.

Für die nächsten Tage hat der Zaunbauer den Beginn seiner Arbeiten angekündigt. Die Seelen der Toten lassen sich dadurch nicht aufhalten, aber Matthias, der seine Angststörungen abgelegt hat, wird es zusätzlich beruhigen. Zumal er fest damit rechnet, dass Annika wieder auftaucht.

Trotz seiner Befürchtungen überwältigt ihn der Schock ohne Vorwarnung. Vor Schreck entgleitet ihm der Hörer.

»Hallo Matthias, warum so nervös? Falls du Maria liebst, wäre es an der Zeit, ihr beim Sterben Trost zu spenden. Wir sind im Wohnhaus.«

Vor Angst um Maria zitternd, eilt er hinüber. Die Haustür steht offen. In der breiten Diele trifft er auf die prophezeite Szene, die ihm immer wieder erschienen ist und in der er jetzt in seine Rolle schlüpfen muss. »Du begegnest dort dem Tod«, hat Maria gesagt. »Wen der Sensenmann holt, kann ich dir aber nicht sagen.«

Matthias hat Mühe, das Bild, das sich ihm bietet, zu verkraften.

Maria lehnt mit dem Rücken an der Wand, voller Panik auf den Dolch blickend, den Annika gegen ihren Bauch drückt, damit sie dieses Mal keine Chance hat, das Messer abzuwehren.

Annika kickt ein Buch, das auf dem Boden liegt, mit dem Fuß in Matthias´ Richtung. »So trifft man sich wieder. Heb es auf, es ist die Schlussversion von BÖSES ENDE, die Marias Tod schildert. Das Buch wird auch in diesem Fall Wort halten. Vielleicht gefällt dir das Finale sogar irgendwann.«

Matthias zeigt seine leeren Handflächen. »Wie du siehst, bin ich schutzlos. Töte mich und lass Maria gehen; sie ist schwanger. Das wäre Doppelmord.«

»Ja und, ich habe nichts zu verlieren. Ich kriege nicht mal einen neuen Job als Zahnarzthelferin, egal, in welcher Praxis ich anrufe.« Annika lacht ein auswegloses Lachen, wobei ihr Tränen über die Wangen laufen. »Meine Exchefin, die mir die Ehe versprochen hatte, hat schon gestern Bekanntschaft mit meinem Messer gemacht. Maria muss ebenfalls sterben, weil sie mich verraten hat. Das ist nicht verhandelbar. Dich verschone ich, damit du in deinem restlichen Leben genug Zeit findest, um sie zu weinen.«

»Maria hat dich nicht verraten. Ich habe dich am Abend zuvor verfolgt und euch durch das Fenster beobachtet.«

»Jetzt verstehe ich, warum sie sich dagegen gesträubt hat, den Vorhang zuzuziehen. Wenn das kein Verrat ist, was dann?«

Matthias macht einen Schritt auf die Frauen zu. Annika hebt sofort eine Hand. »Bleib, wo du bist, sonst zwingst du mich, Maria einfach abzustechen. Das wäre schade, ich hätte es gern feierlich. Genauer gesagt, wünsche ich mir ein fulminantes Finale.«

Matthias wagt sich nicht dichter heran. »Falls du Maria tötest, kommst du hier nicht lebend raus.«

»Damit tätest du mir einen Gefallen, weil ich mich nicht selbst richten müsste. Oder meinst du, ich möchte nach Marias Ermordung und der meiner Exchefin im Knast verschimmeln?« Sie lässt die Dolchspitze auf Marias Unterleib kreisen. »Genug geredet. Heb endlich das Buch auf, schlag die letzte Seite auf und lies den folgenden Abschnitt vor: *Matthias ist gezwungen, zuzuschauen, wie Annika seine geliebte Maria, die schwanger ist, mit unzähligen Stichen in den Bauch tötet.*«

Sie wendet sich Maria zu. »Ist dieser Satz nicht das absolute Highlight von BÖSES ENDE? Einfach genial! Matthias liest eine Passage aus einem Buch, die er parallel erlebt. Das ist einmalig!«

Matthias versucht, Zeit zu gewinnen. »Wieso bist du so herzlos? Maria hat dir nichts getan. Und ich habe dich nicht grundlos verlassen; du wolltest mich in den Selbstmord treiben.«

Er sucht Blickkontakt zu Maria, die es vorzieht, den Fußboden zu fixieren. Um nicht tatenlos herumzustehen, konzentriert er sich wieder auf Annika. »Wenn du Maria unversehrt laufen lässt, schenke ich dir mein Haus und Grundstück.«

»Für wie blöd hältst du mich? Das gehört dir doch nicht mehr. Schluss mit dem Unsinn. Fang an zu lesen.«

»Tu was sie sagt.« Marias Stimme ist kaum wahrnehmbar. »Ich ertrage das nicht länger. Danke für die berauschende Zeit, die ich mit dir verbringen durfte. Vergiss mich nicht.«

»Hör auf deine Hure und lies den Satz, den ich dir vorgelesen habe.«

Matthias hebt das Buch auf und liest. »Annika tritt in übler Absicht an Maria heran, besinnt sich jedoch ihres schäbigen Charakters und richtet sich selbst.«

Annika kocht vor Wut, geht drei Schritte auf ihn zu. »Du machst alles kaputt. Wenn du es so willst, leidet Maria eben stärker.«

Annika wendet sich wieder Maria zu, schwenkt aber gleich zurück und schaut Matthias verstört an, bevor sie mit einem Gesichtsausdruck, der Überraschung spiegelt, nach vorn kippt und ohne sich abzustützen, auf den Boden aufschlägt.

Matthias dreht sie auf den Rücken; aus ihrer Brust ragt ein Messer.

»Ich wundere mich, dass ich cool geblieben bin. Mit dem schweren Wurfmesser treffe ich besser als mit dem leichten.« Maria schwankt, droht zusammenzubrechen.

Matthias springt vor und fängt sie auf. Er begleitet sie zu einem Sessel und bringt ihr Mineralwasser. »Annika hat angerufen und behauptet, du würdest sterben.«

»Was hast du gesagt?«

»Ist egal, erhol dich erstmal, dann reden wir.« Er stützt ihren Kopf mit einem Kissen. Erst als sie wieder in der Lage ist, zu sprechen, deutet er auf Annika. »Ich ziehe sie in die Abstellkammer, damit ich dir einen Arzt rufen kann.«

»Nein, keine Fremden im Haus. Es geht schon. Glücklicherweise trage ich seit Tagen weite Blusen und verstecke darunter auf meinem Rücken das Wurfmesser. Ich habe befürchtet, Annika werde hier auftauchen. Danke, dass du sie irritiert hast.«

»Wo lassen wir sie? Suchen wird sie niemand mehr, sie gilt ohnehin als vermisst.«

»Auf dem Friedhof finden heute drei Beerdigungen statt. Wir wählen die Grabstelle aus, die sich am besten eignet, von ihren Kränzen und Blumen befreit zu werden. Dann schaufeln wir die Erde vom Sarg, legen Annika darauf oder daneben und richten das Grab wieder her, wie wir es vorfinden. Damit das gelingt, arbeiten wir nach Fotos, die wir vorher schießen.«

»In deinem Zustand bist du doch nicht in der Lage, mit anzufassen.«

»Das habe ich auch nicht vor.« Sie schenkt Matthias ein Lächeln. »Ich stehe Schmiere. Wir schaffen uns ein Geheimnis, was Einmaliges, wie Annika es gefordert hat. Etwas, das uns auf ewig verbindet.«